배우를 찾습니다

## 배우를 찾습니다

지은이 양성민, 김민수
펴낸이 임상진
펴낸곳 큐리어스

초판 1쇄 발행 2015년 5월 5일
초판 17쇄 발행 2023년 3월 2일

출판신고 1992년 4월 3일 제311-2002-2호
주소 10880 경기도 파주시 지목로 5
전화 (02)330-5500 팩스 (02)330-5555

ISBN 979-11-5752-349-8 03810

www.nexusbook.com
큐리어스는 (주)넥서스의 일반 단행본 브랜드입니다.

스스로
빛나는

# 배우를
# 찾습니다

양성민, 김민수 지음

Qrious

이곳은 오디션장입니다.

당신이 존경하는 감독의
새 영화 배역을 위한 오디션이지요.

"오래 빛나는 배우를 꿈꾸는
_____ 입니다."

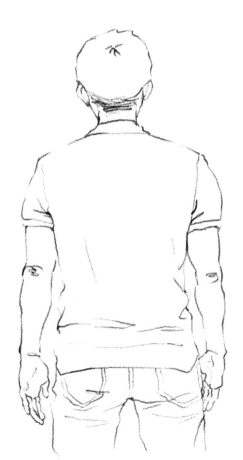

굳은 표정의 심사위원들이 말합니다.

"자기소개해보세요."
　"뭐 잘해요?"
"자신 있는 거 해보세요."
　"또 준비한 거 있어요?"
"자유연기 해보세요."

당신은 최선을 다합니다.
절실함을 담아
꿈을 향해,
빛나는 배우가 될
그날을 위해.

하지만 이번에도
벽은 높았습니다.
이대로 날개를
접어야 하는 걸까요…

## 포기하지 마세요.

지금은 비록 부족해도
신념을 잃지 않는다면
멈추지 않고 걸어간다면
당신도 빛나는 별이 될 수 있습니다.

스스로
오래 빛나는
배우,
당신을
캐스팅
하겠습니다.

'캐스팅이 절반이다'라는 말이 있을 정도로 캐스팅은 중요하다. CJ E&M에서는 영화, 드라마, 예능 등 수많은 콘텐츠를 제작하고 여러 셀러브리티와 일을 한다. 영화배우가 예능에 출연하기도 하고 모델이나 아이돌이 영화나 드라마에 출연하기도 한다. 그렇다 보니 같이 일하는 셀러브리티들의 특성을 잘 이해하고 그들과 지속해서 다양한 활동을 모색할 필요가 생겼고, 이를 위해 만들어진 팀이 캐스팅팀이다.

캐스팅을 담당하는 우리 팀의 정식 명칭은 TAR/캐스팅팀이다. TAR은 Talent Artist Relations의 약자로, 말 그대로 재능 있는 아티스트와의 네트워크를 바탕으로 전문적인 캐스팅을 수행하는 팀이다. 영화는 물론 드라마, 예능을 포함한 방송, 이벤트나 CF 모델 섭외, 더 나아가 글로벌 콘텐츠와 행사까지 부문과 장르를 막론하고 캐스팅을 지원한다.

캐스팅 환경이나 기준은 너무나 빨리 변하고 있다. 그런데 정작 일을 하면서 만나는 배우지망생이나 신인 배우들은 이러한 흐름이나 정보를 너무 모르고 있다는 느낌을 받았다. 마치 대학 입시 조건이 복잡해지고 다양해지는데 과거 정보에만 의존해 오로지 수능이나 내신에만 전념하는 것처럼 보였다. 게다가 소속사 계약 문제나 사기, 그리고 잘못된 비리 캐스팅 관행 등으로 수년간 활동을 못하는 경우나 순수한 열정을 바치고도 상처 입는 모습들을 보며 이러한 원인이 모두 정보와 네트워크의 부족이란 생각이 들었다. 누군가는 그들에게 적어도 올바른 방향이나 가이드라인을 줘야 하지 않을까 싶었다. 업계 관계자는 알고 있지만, 굳이 누가 나서서 하지 않는 얘기들 혹은 관계자들마저도 잘 모르는 얘기까지도 솔직하게 들려주고 싶었다.

그래서 이 책이 시작되었다. 소위 말해 어떤 소속사나 매니저가 좋은지, 요즘 영화나 드라마에서 캐스팅 성향이나 조건은 어떤지, 연기 외에도 어떤 자세와 마인드가 있어야 현장에서 사랑받을 수 있는지 등 실제 캐스팅과 제작 현장에서 나오는 이야기들을 다뤘고 가능한 구체적이고 현실적인 조언을 담고자 했다. 특히 지금은 좀 부족해도 꾸준히 노력하면 된다는 희망을 심어주고 싶었다. 실제 이 책을 위해 인터뷰한 많은 선배 배우와 감독, PD가 이를 뒷받침하는 이야기들을 해주었다. 조금 늦더라도 방향과 지속성이 중요하다는 게 여러 선배의 지론이기도 하다.

주변이 온통 막막하고 어둡기만 한 많은 배우지망생과 신인들에게 이 책이 조금이나마 격려와 위로가 되었으면 좋겠다. 이 책에 있는 내용도 정답이 아닐 수 있지만, 어느 정도의 해답은 되리라고 기대한다. 무엇보다 꿈을 꾸고 도전하는 당신에게 전하는 진솔한 응원을 가득 담았기에 그렇다. 책의 제목처럼 '스스로 빛나는 배우'가 되어 만나기를 기대해본다.

양성민, 김민수

# Contents

**일러두기**

• 본문 중 Ⓨ는 양성민이, Ⓚ는 김민수가 쓴 글입니다.
• 류승룡 배우는 서면 인터뷰를 하였습니다.

# 01

# "배우가 되고 싶은데, 준비해놓은 게 없어요. 그래도 가능할까요?"

---

비록 지금은 부족하더라도

빨리 스타가 되겠다는 마음은 버려라

왜 배우가 되려고 하는가

나는 '동네에서' 잘났을 뿐이다

그들도 처음부터 별은 아니었다

꽤 긴 여정이 될 거라고 각오해야 한다

**Interview 배우 류승룡**

# ★
# 비록 지금은 부족하더라도

배우를 꿈꾸는 이들이 내게 많이 묻는 것 중 하나가 이것이다.

"배우가 너무 되고 싶은데, 지금까지 준비해놓은 게 없어요. 그래도 가능할까요?"

연기를 전공하거나 배운 적도 없고, 외모가 빼어난 것도 아니고, 심지어 나이도 어리지 않은데 배우의 꿈을 포기 못 하겠다고 한다. 현실적인 문제 때문에 주변에서 걱정하고 만류하는 꿈, 성공 확률도 대단히 희박한 배우의 꿈. 하지만 지금 이 꿈을 접으면 평생 후회할 것 같다는 거다. 결국 꿈을 포기하지 못한 이들은 도전하고 실패하고 깨지고 다시 도전하기를 반복하다가 내게 찾아와 다시 묻는다. "이제 정말 포기하는 게 맞을까요? 아니면, 계속 이 짓을 해야 될까요?" 대부분의 경우 내 대답은 이러하다.

"포기하지 마."

물론 쉽지 않은 문제다. 개인마다 타고난 끼와 외모, 역량이 다르고, 어떤 사람을 만나고, 얼마만큼 시간과 노력을 들였는지에 따라 가능성도 다르며 운까지 따라야 하는 면도 있어서 보편적인 결론을 낸다는 것 자체가 어려운 일이다. 게다가 나는 배우를 양성하는 사람도 아니고 연기 전문가도 아니다. 하지만 여러 분야의 배우들을 캐스팅해본 경험을 빌어 말하자면 '포기하지 마'에 한 표를 던지겠다.

배우 러셀 크로가 아카데미 시상식에서 남우주연상을 받고 수상소감으로 이런 말을 했다.

"시드니 오클랜드 같은 시골에서 자란 아이에게 지금 이런 순간은 영원히 이룰 수 없는 꿈이고 그저 바보 같은 상상일 뿐이었습니다. 하지만 어릴 적 상상한 머나먼 꿈에 제가 도달했습니다. 혜택받지 못하고 순전히 용기에 매달려 꿈을 꾸는 사람들에게 이 말을 해주고 싶습니다. 가능하다고요."

늦게 시작해도, 외모가 빼어나지 않아도, 연기를 전공한 적이 없거나 지금 당장은 연기가 부족하더라도, 혹은 나이가 많더라도 당신에게 충분히 가능성 있다고 생각한다. 그럼에도 훗날 '배우'로 성공할 수 있다는 걸 이미 많은 선배들이 증명하지 않았던가. 우리가 인터뷰한 배우들 역시 그 근거가 되어주었다.

이제까지의 편견과 상식을 바꾼다면 충분히 도전해볼 만하다. 포기할 수 없다면, 포기하고 싶지 않다면 지금부터 짚고 넘어갈 포인트들에 대해 진지하게 생각하고 스스로 대답해보기를 바란다. ⓨ

# ★
# 빨리 스타가 되겠다는 마음은 버려라

나이가 적든 많든 빠른 시일 내에 스타가 되겠다는 기대부터 버려야 한다. TV나 영화에 나오는 김수현, 이민호를 보며 '나도 저렇게 될 수 있어'라는 생각과 기대를 하는 것까지는 좋다. 하지만 '꼭 저런 스타가 될 거야'라는 다짐은 배우를 빨리 포기하는 지름길이 될 수도 있다.

사람들이 당신에게 '멋있다, 예쁘다, 웬만한 스타보다 낫다'는 평을 한다 해도 그건 어디까지나 주변 이야기일 뿐이다. 신인을 소개받다 보면 '이렇게 괜찮은데 왜 아직도 무명일까?' 싶은 친구들이 정말 많다. 그만큼 이 업계에는 잘난 사람들은 넘쳐나고 기회는 적다. 혹 당신이 누구보다 빼어난 외모와 조건을 가졌다 하더라도 그건 남들보다 조금 유리한 출발 지점에 있다는 의미일 뿐 그 이상은 아니다. 실력이 아주 뛰어나도 그걸 알아주는 사람이 있어야 발탁되고, 그렇게 해서 주연이 되기까지도 상당한 시간과 노력, 그리고 운이 필요하다.

예전에는 신인이 단숨에 주연을 맡고 신데렐라가 되는 경우가 꽤 있었다. 하지만 지금처럼 미디어 간의 경쟁이 치열하고, 스타에 의해 흥행이 좌지우지되는 여건에서는 신인에게 그런 기회가 주어질 확률이 극히 낮다. 그 어떤 감독이나 투자사도 신인의 가능성만 보고 모든 리스크를 감수하며 주연을 맡기지 않는다는 의미이다.

내 주변에 있는 현재의 스타들을 보아도 처음부터 빠른 시간 내에 스타가 되겠다고 다짐한 사람들이 아니다. 그들은 오로지 배우가 되겠다는 꿈을 이루기 위해 끈질기게 노력하며 살다 보니 지금 이 자리까지 오게 되었다고 말한다. 배우 유연석의 경우도 그렇다. 대부분 그가 드라마 〈응답하라 1994〉를 통해 갑자기 스타가 된 것으로 알고 있지만, 실제 유연석은 10여 년 동안 무명 기간을 보냈다. 그 사이 단역은 물론 독립영화 등에 참여하며 꿈을 키웠다고 한다.

스타에 대한 동경은 배우를 꿈꾸며 동기부여를 하는 데에는 좋을 수 있다. 하지만 빨리 스타가 되겠다는 욕심은 버려라. 하루아침에 스타가 되는 일은 영화나 드라마 속 세상에서나 가능한 이야기다. ⓨ

# ★
# 왜 배우가 되려고 하는가

배우가 되고 싶다고 누군가에게 말해본 적이 있는가? 그때 상대의 반응은 어떠했나? 반응은 제각각이었을 테다. 누군가는 응원을, 누군가는 걱정의 말을 건넸을 것이다. 어쩌면 사람들의 말 속에서 당신을 향한 은밀한 비웃음을 발견했을지도 모른다. 이렇게 꿈을 향해 나아가는 쉽지 않은 과정에서, 그리고 당신이 성공하기까지 똑같은 질문을 계속 받게 될 것이다.

"왜 배우가 되려고 하는가?"

소속사 미팅 때도, 오디션 때도 받을 수 있는 질문이다. 심지어 연예계가 아닌 일반 회사의 면접에서도 흔히 나오는 질문이다. '왜'라는 질문은 심지어 성공한 후까지도 늘 쫓아다닐 것이다. 그렇다면 당신은 이 질문에 뭐라고 답할 것인가?

여러 가지 이유가 있을 것이다. 그중 배우의 길을 선택한 이유가 '돈'이어도 좋다. 중요한 것은 배우가 되려는 이유가 돈일지라도, 그 돈을 '왜' 벌고자 하는지 답할 수 있어야 한다는 점이다. 돈이 필요하지 않은 사람은 없다. 돈을 버는 방법도 수없이 많다. 그런데 왜 굳이 배우가 되어 돈을 벌려고 하는지, 배우가 되어 번 돈은 어디에 쓸 것인지 생각해보라는 것이다.

많은 배우지망생들에게 같은 질문을 자주 해봤다. 하지만 단 한 번도 만족스러운 답을 들어본 적이 없었다. 예쁘니까, 잘생겼으니까, 성공하고 싶으니까, 돈을 많이 버니까… 그 정도가 전부였다. "하고 싶다는데 무슨 이유가 필요해? 그냥 열심히 하면 되지"라고 할 수도 있겠지만, 자신이 이 일을 하는 이유를 말할 수 있는 사람과 없는 사람은 꿈을 설계하고 실현해나가는 힘이 크게 차이가 난다.

왜 배우가 되고 싶은가? 무엇보다 먼저 자신을 설득할 수 있는 이유를 생각해보자. 나 자신이 먼저 설득되어야 한다. 자신조차 설득하지 못한 이유가 남을 설득할 리 없다. 세상에 있는 수많은 직업 중 배우의 길을 선택한 명확한 이유. 그것은 무엇인가? 이유가 확실하고, 나 자신도 설득된다면 그 누구도 당신의 꿈을 무시하지 못할 것이다.

무시당하는 서러움을 견디는 건 생각보다 힘들다. 나에 대한 무시, 나의 꿈에 대한 무시, 나의 현재 재능과 외모에 대한 무시 등이 똘똘 뭉쳐 당신을 공격하는 때도 있을 것이다. 그리고 그런 시간이 길어질수록 사람에 대한 원망과 세상에 대한 원망, 온갖 원망들이 마음에 가득 차올라 자신을 괴롭힐지도 모른다. 그러다 보면 찬란한 꿈에 부풀어 시작한 이 길을 좌절 속에서 그만두게 될 수도 있다.

그러니, 스스로 질문을 다시 던져 보자. '왜' 수천 가지의 직업 중에서도 굳이 이 길인가, 내게 다양한 재능이 있는데 굳이 왜 이것을 '선택'했는가?

　"왜?"라는 질문에 답할 수 있다면 그 답이 당신을 이끌어줄 것이다. 그뿐 아니라 세상에 대한 원망을 잊게 해주고, 무시당하는 서러움을 어루만져줄 것이다. 이 질문에 답하는 것이 배우로 가는 길의 시작이다. Ⓚ

# 나는 '동네에서' 잘났을 뿐이다

10년 이상 매니저 일을 하면서 아주 많은 배우지망생을 보았다. 대부분 부모님으로부터 예쁘다, 잘생겼다는 말을 들으며 자랐거나 동네에서, 혹은 학교에서 '얼굴'로 인정받은 이들이었다. 물론 외모가 빼어나다면 장점이 될 수 있다. 하지만 그들이 가진 자신감의 근원이자 오해의 핵심은 이것이었다. 그들은 어디까지나 '동네에서' 잘났다는 거다. 동네에서 달리기를 잘한다고 해서 모두 올림픽 금메달리스트가 될 수는 없다. 연예인, 특히 배우는 그저 예쁘다고, 멋있다고 성공할 수 있는 직업이 절대 아니다. 끼가 많아서만 될 수 있는 것도 아니다.

스스로 냉정하게 자신을 평가해야만 한다. 외모 하나만 믿고, 남다른 끼만 믿고 이 길에 들어선다면 시작부터 실패에 한 발을 내딛는 것과 같다는 걸 잊지 마라. Ⓚ

# 그들도 처음부터 별은 아니었다

야구에서 '3할 타자'라는 것이 있다. 이때 '3할'은 상징적인 의미가 담긴 숫자다. 흔히 말하는 강타자의 대열에 설 수 있는 잣대가 되기 때문이다. 10개 중 3개의 안타라고 생각하면 그다지 어려워 보이지 않지만, 절대 쉬운 숫자가 아니다.

그렇다면 배우는 어떨까? 배우의 인지도에 따라 관객들의 기대는 크게 달라진다. 홈런을 칠 거라고 기대했던 배우가 안타를 치면 팬들은 뒤돌아선다. 연기도 훌륭하고 전체적으로 나름 3할을 쳤다고 할지라도 말이다. 반대로 아무 기대도 하지 않았던 배우가 안타를 치면 사람들은 홈런 이상의 묘미를 느끼기도 한다. 바로 이것이 신인의 특권이다.

솔직히 받아들이자. 사람들은 당신이 누군지 모른다. 당연히 당신에게 기대하지 않는다. 서운하게 생각할 수도 있지만, 프레임을 바꿔 바라보면, 긍정적인 면도 크다. 대스타들은 한 번의 선택으로도 휘청거릴 수 있다. 그래서 매 순간 선택하는 게 정말 어렵다. 하지만 현재의 당신은 가진 게 없기에 잃을 것도 없다. 이번에 안 되면 다음 기회에 또 열심히 하면 된다.

'기회가 안 오면 어떡하지?'라는 생각에 불안해질 수도 있다. 작품의 성공을 떠나서, 잘하는 사람에겐 반드시 기회가 다시 온다. 지금까지 그런 사례를 많이 봐왔고, 현재 캐스팅 업무를 하면서도 그렇게 하고 있다. 인지도를 떠나 배우가 잘했던 사람으로 기억된다면 언제든 꼭 다시 추천한다.

잘할 수 있을 것 같은데 기회가 없어서, 선택권이 없어서 서글플 수 있다. 무시당해서 슬퍼질 수도 있다. 하지만 우리가 우러러보는 지금의 별들도 이전에는 다 그랬다. 그들이 걸어온 길에 성공한 작품만 있는 것도 아니고, 못난 배역, 실패한 작품도 참 많다. 알고 보면, 그들도 처음부터 별은 아니었다. Ⓚ

# ★
# 꽤 긴 여정이 될 거라고 각오해야 한다

개인적으로 친한 배우 중에는 30대 후반이나 40대 초반에 인기를 얻게 된 이른바 늦깎이 배우가 많다. 지금은 인지도도 높고 경제적 여유도 있어서 누구나 부러워하는 배우들이지만, 그들의 이야기를 들어보면 무명 기간이 보통 10년 이상이었다.

10년이라는 긴 시간 동안 생활비가 없어 아르바이트로 겨우 생계를 이어가고, 가족의 반대와 주변의 시선, 그리고 현실적인 걱정 속에서 어떻게 그리 오랜 기간을 무명으로 보낼 수 있었을까? 그들의 대답은 의외였다. 힘들었지만 행복했다고. 앞날이 막막하다는 생각보다는 연기를 할 수 있는 현재에 감사하며 살았다고 했다. 그리고 그렇게 연기를 계속해온 덕에 지금에 이르렀다는 것이다. 심지어 그 오랜 무명기간을 떠올리며 본인은 오히려 운이 좋았다고까지 말하는 배우도 있었다.

반면 데뷔한 지 10년이 넘었는데도 사람들이 누군지 못 알아보는, 혹은 얼굴은 어디서 본 것 같은데 이름은 모르는 배우들도 꽤 있다. 그들도 처음부터 이렇게 오래 걸릴 줄은 예상하지 못했다고 한다. 무슨 일을 하든 10년 이상을 하면 어느 정도 인정받고 대우받는 게 보통 이치인데 이 세계는 그렇지 않다. 그래서 현실적인 문제로 포기하는 경우가 대부분이다.

가장 중요한 건 본인의 의지와 자신감이다. 흔들리고 무너지면 포기하게 된다. 분명한 사실은 어디서든 최선을 다해 노력해왔다면 기회는 반드시 온다는 것이다. 이 점은 늦깎이 배우들이 공통적으로 말하는 이야기이자, 이 일을 10년 이상 하면서 나 자신이 느낀 부분이기도 하다.

조급해하지 마라. 사람마다 시간의 차이는 있겠지만 분명히 한 길을 걷다 보면 기회는 오게 되어 있다. 그러니 지금 누가 알아주지 않는다고 전전긍긍할 필요 없다. 아직 기회가 오지 않은 것뿐이다.

지금 느리게 가고 있어도 괜찮다. 지금 부족한 게 많아 보여도 괜찮다. 더디게 가도 꼭 목표에 도달하겠다는 집념과 희망이 있으면 당신도 충분히 배우가 될 수 있다. 그 마음가짐만 있어도 절반은 성공한 거라 본다. 그러니 도전하자. 당신도 충분한 자격이 있는 사람이니까. ⓨ

Interview

# 배우 류승룡

## 하고 싶은가? 왜 하고 싶은가?

배우를 꿈꾸며 지금도 많은 지망생들이 도전하고 있지만, 정작 자신이 목표로 하는 것을 제대로 알고 그 길을 걷는 이들을 찾기는 쉽지 않은 것 같다. 오랜 연기 경험을 쌓아온 선배 배우로서 후배들에게 충고한다면?

이런 질문을 던지고 싶다. "하고 싶은가? 왜 하고 싶은가? 할 수 있는가? 그것을 위해 해야 하는 일들을 지금 하고 있는가?" Yes라고 짧게 대답하지 말고, 각각의 질문에 길게 답을 써보라고 권하고 싶다. 글을 써본다는 것은 나에게 내 생각을 말하는 행위이다. 자신을 객관화하고, 자신의 열정을 확인해볼 기회인 것이다. 이 질문에 대한 답이 결국엔 스스로 어느 위치에 있고 목적지까지 갈 수 있는지 가늠하는 바로미터, 내비게이션이 될 것이다. 그중에서도 '왜why'를 가장 분명히 하고, 현실을 직시하고 나의 위치를 정확히 파악하는 능력을 길러야 한다. 나 자신에게조차 만족스럽지 않은 답으로 세상을 설득할 수는 없다.

**배우가 갖춰야 할 덕목과 역량이 있다면 어떤 것들일까?**

'메소드 연기'의 창시자 콘스탄틴 스타니슬랍스키에게 한 제자가 질문을 했다. "스승님, 연기를 가장 잘할 수 있는 방법이 무엇입니까?" 스타니슬랍스키는 이렇게 대답했다. "첫 번째는 시간엄수. 두 번째도 시간엄수. 세 번째도 시간엄수다."

처음 이 이야기를 접했을 때 무슨 의미인지 잘 파악하지 못했다. 시간엄수란 곧 '약속'을 의미한다. 대사를 하는 타이밍, 노래의 박자, 액션의 합 등 연기의 모든 요소는 약속을 기반으로 한다. 극을 장악하지 않으면 이 시간엄수를 할 수 없고 허둥댄다. 장악은 반복적인 연습과 사유를 통해 얻어진다. 나아가 현장 스태프들, 관객들과도 꼭 지켜야 하는 것이 시간엄수, 바로 약속이다. 쉬운 것 같지만 배우에게 가장 중요한 덕목이라고 생각한다.

또 한 가지는 감정의 분리수거다. 배우는 감정의 노동자다. 연기할 때 캐릭터의 감정에 이입하는 것도 중요하지만, 그때그때의 감정을 정리하고 분리수거하는 것도 중요하다. 이는 한 작품이 끝날 때도 마찬가지이다. 배우는 비워내는 동시에 채우는 '모순의 직업'이기 때문이다. 한 작품을 마치고 새 작품에 들어갈 시기에는 촬영환경과 배우, 감독, 시나리오, 100여 명의 스태프까지, 비워냄과 동시에 새로운 것들로 채우는 작업과 마주하게 된다. 이 모든 것을 위한 트레이닝이 필요할 것이다.

### 연예인과 배우의 차이는 무엇일까?

연예인이라는 전체 집합이 있다면 배우는 부분집합, 혹은 교집합이 될 수 있는 부분이라 생각한다. 그 전체 집합 안에는 배우뿐 아니라 가수, MC, 모델 등 다양한 분야가 포함되어 있다. 연예인과 배우는 '무엇을 선행하느냐, 무엇을 더 중시하느냐'의 차이일 것이다. 현직 배우, 연예인에게도 '인기'와 '연기'라는 키워드 중 무엇을 더 우선하는지 적용해보면 명약관화하지 않을까. 많은 배우지망생이 이 지점에서 정체성을 잃곤 한다. 그러지 않기 위해서는 무엇이 먼저인지, 경중을 어디에 두어야 하는지 스스로 잘 생각해야 할 것이다. 과거에는 연기를 하다 인기를 얻었다면, 요즘은 인기를 위해 연기를 하는 경우도 있는 것 같다.

### 오디션에서 실력이 비슷한 두 사람이 남았다면, 그중 한 명을 어떤 기준으로 선택하겠는가?

'자신감'을 기준으로 하겠다. 배우에게는 연기력만큼 중요한 것이 자신감과 자존감이라고 생각한다. 자신감이 있다면 본인의 연기에 대해서도 그만큼 확신이 있을 것이고, 나아가 더 끌어낼 수 있는 가능성도 클 것이다. 그런 자신감은 본인뿐만 아니라 상대 배우까지도 한 차원 높은 에너지를 발산시키게 한다. 반면 연기력은 좋지만 자신감이 없다면 '더 끌어낼 수 있는데 왜 저 선까지밖에 표현을 못 할까'가 눈에 보일 것이다. 배우는 계속 발전해나가야 한다. 스스로에 대한, 그리고 연기에 대한 자신감이 앞으로의 발전 가능성과 직결된다고 생각한다. 다만, '자신감'이 '자만'이 되어서는 안 된다는 것도 중요하다. 자신감은 '눈빛'으로 나타난다. 눈빛을 통해 그 사람이 어떤 사람인지 볼 수 있다. 마냥 힘주라는 게 아니다. 외유내강의 눈빛도 있으니.

**시나리오를 분석하는 노하우나 팁이 있다면?**

시나리오를 읽고 나면 이미지를 떠올린다. 어떤 산인지, 어떤 숲인지. 이 작품이 침엽수림인지 활엽수림인지, 아니면 원시림인지 큰 그림을 그리고, 내가 어느 위치에 어떤 나무로 존재해야 하는지 살핀다. 그뿐만 아니라 주변 환경이 어떤 계절인지도 파악한다. 봄이면 꽃을 피워야 할 것이고 여름이면 녹음이, 가을이면 단풍이, 겨울엔 눈이 뒤덮여 있어야 할 것이다. 이런 식으로 전체 숲을 파악하고, 배우가 어떤 형태의 나무가 되어 숲 가운데 자리 잡아야 하는지 파악하는 것이 중요하다.

**배우의 눈으로 볼 때 연극, 영화, 드라마의 차이는 무엇인가?**
**어떤 무대에 서고 싶은가에 따라 준비할 게 달라질까?**

차이점은 '연기를 바라보는 이들이 어떤 경로, 매체, 환경으로 보느냐'에서 시작되고, 많은 것을 지배한다. 연극을 보자. 연극배우는 과장된 모습이라고 흔히 말한다. 마이크가 없기 때문에 큰 소리를 내야 하고 과장된 패턴, 동선 역시 많이 쓰게 된다. 뮤지컬은 관객 앞에서 직접 연기하는 것은 비슷하지만 무선 마이크를 활용한다는 차이가 있다. 무선 마이크에 맞는, 연극과는 다른 발성과 대사법이 필요하다. 드라마는 시청자들이 리모컨을 이용해 언제든지 볼 수 있고, 또 언제든 쉽게 채널을 돌릴 수 있는 속성을 지닌다. 빠른 전개와 반전 등을 더욱 잘 전달할 수 있는 연기를 해야 한다. 영화는 관객들이 어둠 속에서 큰 스크린을 통해 본다. 때문에 자연스러운 연기가 중요하고 클로즈업으로 담아내는 미세한 표정, 눈빛 연기까지 필요하다. 이렇게 대상이 어떤 경로로 보느냐, 그리고 피사체가 어떤 크기로 보이느냐에 따라 연기의 패턴이 모두 다르다. 이러한 점을 잘 기억하고, 본인이 하고자 하는 장르, 분야에 걸맞은 연기를 연습하는 것이 중요하다.

타고난 끼, 또는 재능은 배우의 삶을 살아가는 데 있어서 얼마만큼 중요할까? 끼와 재능이 부족하다고 생각하는 후배에게 해주고 싶은 말이 있다면?

배우에게 타고난 재능은 어느 정도 중요한 부분이라고 생각한다. 하지만 모든 연기자들이 타고난 끼와 재능을 가질 수는 없다. 자신에게 부족한 부분들은 간접 체험을 통해 보완할 수 있다. 좋은 작품이나 소설, 여행을 통해서도 감정을 가장 잘 나타낼 수 있는 것들을 발견할 수 있다. 그냥 보는 게 아니라 골똘히 관찰하고, 창의적으로 캐릭터 분석을 해야 한다. 나는 경매가 한창인 수산시장이나 시골 마을의 오일장을 돌기도 했다. 사람과 세상을 관찰하는 노력들이 배우에게 큰 도움이 된다.

그리고 중요한 것은 감정의 노동이다. 사람은 수백 가지의 울음과 수백 가지의 웃음을 가지고 있다. 상황에 따라 그 수백 가지 중 어느 하나를 끄집어낼 줄 알아야 한다. 이는 연습이 필요하다. 많은 것을 보고 관찰하고, 더욱 더 많은 감정을 끌어내기 위한 연습을 해야 한다.

**지금 연기를 못하더라도, 노력하면 잘할 수 있을까?**

물론이다. 노력은 배신하지 않는다. 연기를 못한다고 스스로 가두려 하지 않는 것이 중요하다. 벼룩은 30센티미터를 뛴다. 사람으로 치면 200미터를 뛰는 거라고 한다. 그런 벼룩을 맥주컵으로 10분간 덮어두면 딱 맥주컵 높이만큼 뛴다. 몇 번 뛰어보고 벽에 부딪히니 뛰는 높이를 스스로 낮춘 거다. 지금 당장 '나는 왜 이렇게 연기가 안 될까'라는 생각으로 자신을 가두면 맥주컵 높이까지만 뛰어오르는 벼룩처럼 결국 그 벽에 부딪혀 자신의 잠재력을 발견하지도, 끌어올리지도 못한다. 아직 젊다. 스스로 자신의 가능성을 믿고 시간과 노력을 온전히 투자해라.

**배우는 무엇을 가장 잘하는 사람이어야 할까? 그것을 잘하기 위해서는 어떤 노력이 필요하다고 생각하는가?**

관찰과 창의력. 배우는 누군가(캐릭터)의 삶을 온전히 표현해내는 사람이다. 나 아닌 다른 누군가가 되기 위해서는 그만큼 세상과 삶을 관찰하는 눈이 필요하다. 시인이 꽃 한 송이를 보아도 다르게 표현할 수 있는 것은 그만큼 사려 깊게 관찰하기 때문이다. 배우도 주변을, 사람들을 관찰하며 작은 것 하나에도 의미를 부여하고 그것을 연기에 어떻게 접목시킬지 끊임없이 연구하는 자세가 필요하다. 여기에 또 하나 필요한 것은 창의력이다. 모든 창작은 모방에서 시작한다. 하지만 관찰하고 모방하는 것에서 끝나면 의미가 없다. 관찰한 것을 자기화시키고 새로운 것을 창조해야 한다. 그래야 진정한 창조자(배우)가 될 수 있다. 이렇게 관찰과 창의력은 하나의 요소처럼 생각하고 꾸준히 익혀야 한다.

**배우 류승룡을 있게 해준 여러 가지 중에서, 특히 꼽고 싶은 요소가 있다면 무엇인가?**

연기 외에 다른 것을 생각하지 않았던 열정. 연기를 하면서 다작하는 것에 대한 고민을 안고 있을 때 이준익 감독님이 이런 말씀을 해주셨다. "땅을 더 파야 한다. 땅은 더 깊게 팔수록 더 맑은 물이 나온다." 이 조언을 늘 염두에 두며 내가 연기할 수 있는 곳이라면 열정을 갖고 늘 문을 두드렸다. 계속 파고 또 팠다. 그게 어떤 작품이든, 어떤 역할이든. 나는 무엇보다 연기할 때 가장 행복했고, 모든 에너지를 오로지 연기에만 쏟았던 것 같다. '오직 연기'. 그것이 가장 큰 요소이지 않을까 생각한다.

**후배들에게 하고 싶은 한마디**

고故 김효경 교수님께서 나에게 "너는 봄이 피는 꽃이 아니라 늦가을에 피는 꽃이다"라고 말씀하곤 하셨다. 어려운 시절에 힘이 되었던 한마디였다. 비슷한 이야기를 해주고 싶다. "확신이 있다면 기다려라. 그 기다림이 중요하다."

2015. 4.

여러분을 응원합니다!!
기다리겠습니다!.

## 02

엘리베이터 안,
우연히 유명한 감독과
함께 타게 되었다.
주어진 30초, 그 짧은 순간에
당신을 알릴 수 있는가?

---

"자기소개해보세요"
의외의 매력을 부각시켜라
프로필부터 바꿔라
당신은 궁금해지는 사람인가
새로운 곳에 가라, 새로운 사람을 만나라

Interview 영화감독 윤제균〈국제시장〉

# ★
# "자기소개 해보세요"

면접이나 오디션에서 한 번쯤은 듣게 되는 말일 거다. 형식적으로 묻는 것일 수 있으나, 어떻게 대답하느냐에 따라 결과의 차이는 꽤 크다. 물론 이 사실을 안다고 해도, 막상 자기소개를 해야 하는 상황에 맞닥뜨리면 멋지게 해내기 어렵다. 잘난 척하지 않으면서도 남과 다른 매력을 적절히 표현하는 게 쉽지만은 않기 때문이다. 그럴 때 보통은 자신을 어떻게 포장할지 고민하게 되는데, 사실 이 고민의 근원적인 해답은 나 자신을 얼마나 잘 알고 이해하는지에 달려 있다.

나에 대해 얼마나 잘 안다고 생각하는가? 만일 당신이 밝고 긍정적이고, 영화를 좋아하고, 맛있는 걸 좋아하고, 친구들과 수다 떠는 걸 좋아하는 사람이라고 생각한다면 그건 본인에 대해 '잘' 아는 게 아니다. 오히려 누구나 좋아하는 공통점 찾기에 가깝다.

물론 그런 점들이 '나'라는 사람을 설명할 때 빼놓을 수 없는 요소일 수 있겠지만, 위와 같이 나열하며 자신을 소개한다면 상대에게 무색무취의 사람이라는 인상을 줄 것이다. 더군다나 짧은 시간 안에 이미지로 승부해야 하는 배우라면 더욱더 신경 써서 나에 대해 생각해봐야 한다. 나를 잘 아는 사람만이 자기소개도 남다르게 할 수 있기 때문이다.

나 역시도 자기소개서에 어떤 말을 써야 할지 도통 생각이 나지 않아 끙끙거렸던 때가 있다. 그때 나에 대해 알기 위해 시도해봤던 방법이 있다. 먼저 사절지 도화지를 한 장 준비한다. 그걸 책상이든 침대맡이든 가까운 곳에 붙여두고 나에 대해 하나씩 써보는 거다. 내가 좋아하는 것과 싫어하는 것, 성격, 취향 등 나와 관련된 단어나 문장은 생각날 때마다 무엇이든 적는다. 도화지가 어느 정도 채워지면 적어둔 것 중 비슷한 성격의 것들을 묶어 최대한 심플한 단어로 표현하며 줄여나간다. 그러다 보면 나를 드러낼 수 있는 대표 키워드를 찾을 수 있을 것이다.

그런데도 만일 짧은 시간 안에 상대를 사로잡을 자신이 없다면 조금 다른 방법도 있다. 지속해서 본인의 매력을 어필하는 것이다. 실제로 어떤 신인이 내게 프로필을 보여주고는 의견을 달라 해서 짧게 코멘트해준 적이 있다. 그 후 그는 꾸준히 조금씩 수정하고 업데이트한 프로필을 보여주며 본인이 성장하고 있음을 스스로 증명했다. 처음에는 또렷하게 기억할 만큼 인상적인 배우가 아니었는데, 계속 보다 보니 더욱 인상 깊고 친근하게 느껴졌던 게 사실이다.

상대를 사로잡을 준비가 되어 있는가? 만약 우연히 유명한 감독을 엘리베이터에서 마주쳤다면 그 순간 본인 소개를 할 수 있는가? 감독의 기억에 남도록 말이다. 자, 다시 한번 "자기소개해보세요" Ⓨ

# ★
# 의외의 매력을 부각시켜라

우리는 의외의 면을 가진 캐릭터에게 끌린다. 예를 들어 일본에서 '지우 히메'라고 불리는 최지우가 털털하면서도 허당기 있는 모습을 보인다거나, 야수 추성훈이 딸 추사랑 앞에서는 해맑은 딸바보가 되는 것처럼 말이다. 이런 의외성이 느껴지면 그게 곧 매력이 되는 경우가 대부분이다.

앞에서 소개한 '나에 대해 찾는 작업'으로 나를 드러낼 수 있는 대표 키워드를 찾아봤다면, 이번에는 내게 기대하지 않는 '의외성' 있는 단어를 찾아 조합해보자. 특히, 나에 대해 잘 모르는 사람이 처음 나를 만났을 때 예측하고 연상하는 이미지와 반대되는 이미지를 중심으로 키워드를 뽑아보는 거다. 이때 상대의 호기심을 불러일으킬 만한 키워드를 찾는다면 더욱 좋다. 의외의 면을 부각시켜 사람들의 기억에 각인할 수 있기 때문이다.

본인만의 '반전 매력'을 키우는 것도 방법이다. 배우 차승원은 〈삼시세끼〉를 통해 일명 '차줌마'로 불리며 큰 인기를 누렸다. 그 누구도 차승원이 그렇게 빼어난 음식 솜씨를 선보일 거라고는 기대하지 않았을 것이다. 하지만 그 반전 매력 덕분에 차승원의 이미지도 좋아지고, 호감도도 높아졌다. 가족에게 맛있는 음식을 해주고 싶어 요리를 배웠다고 하는데, 결국 오랜 기간 익혀왔던 취미가 어느 날 대중의 사랑으로 돌아온 케이스이다.

여기서 기억해둘 것이 하나 있다. 매력이든 반전 매력이든 한순간에 만들어지지 않는다는 점이다. 남과 다른 매력을 갖추려면 꽤 시간을 투자해야 한다. 남들이 인정하는 수준 정도의 취미나 관심사가 있다면, 당신의 매력으로 충분히 발휘될 수 있을 것이다. 그러니 꾸준히 준비하자. ⓨ

# ★
# 프로필부터 바꿔라

평균 하루에 2~3회 정도 매니지먼트사와 미팅을 한다. 보통은 그 회사 소속 배우들의 프로필을 앞에 두고 이야기를 나누는데, 알 만한 배우보다는 주로 신인 배우들을 소개받는 자리일 때가 많다.

미팅은 신인 배우의 사진, 나이와 경력 등을 보고 매니저의 설명을 듣는 순서로 이어진다. 하지만 그 배우가 얼마나 가능성이 있고 인간성은 어떻고 등등 누구에게 대입시켜도 비슷한 장점 위주의 이야기만 들을 뿐 독특한 매력이나 다른 배우와 차별화된 지점을 듣는 일은 거의 없다. 그렇게 미팅이 끝나고 내 책상으로 돌아오면 그 신인의 프로필은 책장에 있는 수많은 프로필 사이에 꽂힌다.

사실 그 후에 프로필을 다시 들춰보는 경우는 거의 없다. 특별히 기억에 남지 않기 때문에 찾을 필요가 없는 것이다. 하지만 이렇게 처음 대면할 때 빼고는 거의 들여다볼 일이 없다고 하더라도 안 만들 수 없으니, 효과도 없는 배우 프로필에 적지 않은 비용이 투입되고 있다.

그나마 이제껏 받았던 수많은 프로필 중 기억에 남는 걸 꼽는다면 하나는 직접 손글씨로 본인에 대한 소개를 적은 것이었고, 또 하나는 자신의 이야기를 마치 책처럼 엮어 만든 것이었다. 형식 면에서 차별화한 덕분에 기억에 남은 경우다. 그 외에는 디자인과 사진 퀄리티의 차이 정도만 있을 뿐 규격화된 사이즈에 몇 장의 사진과 이름, 나이, 키, 취미나 특기 등 간단한 소개가 적혀 있는 비슷한 형식의 것들이 대부분이다. 각자의 개성은 모두 숨어버리고, 결국 모두 비슷비슷한 사람처럼 보일 수밖에 없다.

기왕 만드는 프로필이라면 기억에 남는 프로필을 만들어보면 어떨까? 요즘은 일반 회사에 넣는 이력서도 참신한 게 많다. 스펙이 중요하다고 하지만, 자기소개서에서라도 남들보다 돋보이기 위해 단어 하나하나에 공을 들이는 것은 물론 형식에 차별화를 두거나 홍보 영상까지 만드는 등 다양한 시도를 한다. 조금이라도 상투적이거나 성의가 없어 보이는 자기소개서는 면접관이 바로 제외시키기 때문이다. 취업이 어렵다 보니 그만큼 서류 하나에도 절실해진다.

반면 배우 프로필은 어떤가? 배우는 '이미지'가 절대적일 수밖에 없는 직업이다. 그런데, 우리는 그만큼 프로필에 공을 들이고 있는가? 남들보다 참신하거나 기억에 남을 만한 프로필을 가지고 있는가? 선배들이 해온 방식에서 벗어나면 너무 튀는 게 아닐까 걱정할 수도 있다. 물론 어느 정도 관행이라는 게 있겠지만, 프로필에는 정답이라는 게 없다. 나는 기억에 남는 프로필이 좋은 프로필이라고 생각한다. 기억에 남지 않으면 그 프로필이 무슨 소용이겠는가. 종이 한두 장에 배우의 이미지와 매력을 전부 담아야 하는 신인의 경우라면 더더욱 그렇다.

아주 작은 것이라도 좋으니 자신만의 특징과 매력을 찾아 프로필을 만들 때 반영하면 좋겠다. 뭉뚱그려 좋게 보이려고만 하지 말고 구체적으로 특징을 살리도록 하자. 예를 들어 생김새는 격투기 선수처럼 강하고, 음색은 바리톤의 저음이고, 그런데 영화 〈그녀Her〉를 보며 눈물 흘릴 정도의 감수성을 가졌고, 평소 이탈리아 남자들의 패션 센스 못지않게 옷을 잘 입고, 연애 방식이 밀당보다는 헌신하고 져주는 거라고 믿는 배우의 프로필을 만든다고 가정해보자. 그 배우를 드러내는 키워드를 사진이나 이미지로 각각 연결해서 프로필을 만들어보면 어떨까? 아주 단적인 예시이기는 하지만, 이렇게 조금이라도 차별화한 프로필을 만든다면 연기가 좋다든지, 인간성이 좋다든지, 노력파라든지 등 판에 박힌 소개는 안 하게 되지 않을까?

프로필은 배우의 얼굴이다. 프로필에는 그 사람의 철학과 생각, 감성도 담겨야 한다. 사진이 멋지고 예쁘게 잘 나온 프로필은 넘쳐난다. 단순히 잘 나온 사진들을 편집하고 보정해서 프로필을 만들 생각이었다면 다시 한 번 고민하기를 바란다. 절대 본인이 잘 나왔다고 생각하는 사진을 넣으면 안 된다. 그보다 먼저, 프로필을 보는 사람에게 당신의 어떤 매력을 보여줄 수 있을지 생각한 후 그에 맞게 사진을 선택해야 한다. 어떻게 하면 사진이 잘 나올까, 어디가 더 좋고 유명한 스튜디오일까 고민하기보다 나만의 프로필을 어떻게 구성할지 먼저 생각해라. 캐스팅 담당자 입장에서는 키나 몸무게, 학교와 경력 등만을 가지고는 배우의 진짜 매력을 알기 어렵다.

배우에게는 남과 다른 본인만의 킬링 포인트가 있어야 한다. 그리고 그것이 프로필에도 묻어나야 한다. 그러지 않고서는 수많은 경쟁자들 사이에서 살아남을 수 없다. 처음 보는 사람에게 나를 각인시키는 것도 어려운데, 심지어 사람의 마음을 움직이는 건 얼마나 어렵겠는가?

마음을 움직이는 힘, 그 시작이 프로필일 수도 있다. 정성이 가득하고 고민한 흔적이 역력한 프로필은 분명 경쟁력이 있다. 꼭 기억해야 한다. 지금 당신이 프로필을 보낼 그 사람 손에는 이미 수백 개의 프로필이 들려 있다는 사실을. ⓨ

# ★
# 당신은 궁금해지는 사람인가

미팅에서 만나는 대부분의 신인은 죄지은 사람처럼 기가 죽어 있다. 취조하는 자리가 아니라, 본인을 뽐내야 하는 자리인데 말이다. 절실함만 가지고 무조건 '도와주세요'라는 사람도 있다. 그러다 본인 인생 얘기를 하며 우는 것도 많이 보았다. 미팅이 끝나고 후회가 되었는지 장문의 문자메시지를 보낸 이도 있다. 하지만 때는 이미 늦었다.

물론 많이 거절당하고, 실패를 겪다 보니 자신감을 잃고 소극적일 수밖에 없다는 건 충분히 이해한다. 하지만 냉정하게 생각해보면, 독한 사람만이 살아남을 수 있는 이 세계에서 과연 그런 신인들이 살아남을 수 있을까 싶다. 소극적인 태도의 배우는 매력적으로 다가오지 못한다.

내가 매니저였을 때, 드물게도 먼저 손을 내밀어 뽑았던 신인이 한 명 있다. 처음 봤을 땐 외모가 트렌드에 맞는 꽃미남 쪽은 아니어서 솔직히 약간 실망했었다. 하지만 얘기를 하면 할수록 굉장히 매력적인 사람이었다. 자신감이 넘쳤고, 본인이 무엇을 잘하고 어떤 사람인지 정확히 보여주었다. 연기 오디션을 한 것도 아니었는데, 혹여 연기를 못해도 가르치면 잘할 스타일이라는 생각마저 들었다. 그러다 보니 실망했던 외모가 점점 좋아 보이기 시작했다. 보통 신인 미팅은 30분 정도인데, 그와는 1시간이 넘도록 이야기를 나눴던 것 같다. 뿐만 아니라 헤어진 후에도 계속 머릿속에 남아 생각이 났다. 분명한 약점이 있었지만, 내가 열심히 하면 잘될 수 있을 거라는 확신이 들었고, 계약을 맺었다. 요즘도 그 배우가 열심히 활동하는 모습을 보면 여러 가지 행복감을 느낀다.

또한 신인을 캐스팅할 때는 발전 가능성이 많은 사람인지도 중요시한다. '발전 가능성'이란 '그리고 싶은' 여백이 많은 도화지와 같은 것이다. 개성이 뚜렷한 사람을 원하기도 하지만, 어쩌면 감독과 제작사는 당신에게 요구하는 것이 그리 많지 않을 수도 있다. 지나치게 많이 보여주려고 욕심내다가 오히려 실수하지 말자.

어떤 신인 배우를 데리고 영화 캐스팅 오디션에 간 적이 있다. 그는 배역을 위해 열심히 대사를 통째로 외웠고, 그걸 훌륭히 보여줬다. 하지만 선택받지 못했다. 이유는? 이미 그 친구의 연기를 다 본 것 같아서 더 이상 궁금하지 않았기 때문이었다. 지나치게 많이 보여주려고 욕심내다가 오히려 실수하지 말자. 선택하는 사람들이 궁금해할 만한 여지를 주어야 한다.

어차피 정해진 짧은 시간 안에 당신의 모든 것을 다 보여주지는 못한다. 당당한 태도로 앞으로 보여줄 수 있는 게 많다는 것을 어필하라. 당신에 대한 궁금증을 남겨놓아야 한다. 그리고 수십 번 수백 번 실패하더라도 부디 쫄지 마라. Ⓚ

# ★
# 새로운 곳에 가라, 새로운 사람을 만나라

얼마 전 한 기획사 대표가 신인 배우를 소개하겠다며 회사로 찾아왔다. 신인 배우를 잘 맡지 않는 스타일의 대표였기에 둘의 인연이 무척 궁금했다. 이야기를 들어보니 길거리에서 그 회사의 명함을 주운 신인이 무작정 회사로 찾아가 대표를 만났다고 한다. 당연히 성과는 없었다. 그런데 그 대표가 마지막 인사로 다음에 기회가 되면 한 번 더 보자고 말했던 걸 기억했다가 한 달 뒤 그 신인이 다시 대표를 찾아갔다고 한다. 그 후로 꾸준히 찾아가기를 지속하던 그는 결국 1년 후 그 회사와 계약하게 되었다. 길거리 캐스팅도 아니고 일종의 셀프 캐스팅이었던 셈이다. 기획사 대표가 충분히 시간을 두고 지켜보며 그의 매력이나 됨됨이를 보고 마음에 들어 했겠지만, 또 한편으로는 그 집념을 보고 선택했을지도 모를 일이다.

감독, PD, 캐스팅 담당자들은 같이 작업할 만한 사람 없다고 늘 푸념한다. 나 역시 누군가 신인을 추천해달라고 하면 막상 머릿속에 떠오르는 사람이 다섯 명이 채 되지 않는다. 책상과 책장에 신인 배우들의 프로필이 잔뜩 쌓여 있는데도 말이다. 배우들은 기회가 없다고, 그들을 캐스팅하는 사람들은 쓸 만한 사람이 없다고 말한다. 아이러니한 일이다. 이세계에 경쟁자는 많지만, 뚜렷이 두각을 나타내는 이들은 드물다. 그렇기 때문에 집념을 가지고 해볼 만한 것이다. 기회는 스스로 충분히 만들수 있다.

한 가지 덧붙여 말하면 주변 인맥에만 머무르지 않기를 바란다. 조금만 넓게 보면 얼마든지 새로운 인연을 만들 수 있다. 그러니 용기를 내자. 늘 가던 곳만 가지 말고 새로운 곳에 가보고 새로운 사람들을 만나고 또 다른 세상을 경험하다 보면 분명 기대조차 하지 않았던 기회를 마주하게 될 것이다. ⓨ

# 영화감독 윤제균

## 스타가 안 되는 것이 정상이다

예전에 싸이가 얘기했어요. 사람이 성공하기 위한 조건은 '주제파악'이라고. 나 자신을 알아야 한다는 거죠. 제 생각도 그렇습니다. 스스로 주제파악을 냉정하게 해보고 신중하게 결정하라고 배우지망생들에게 말해주고 싶어요. 내가 배우의 생리에 잘 맞는지, 무엇이 되고 싶은지, 배우가 되고 싶은 건지, 스타가 되고 싶은 건지 잘 생각하라고요. 그러려면 결국 '내 꿈은 무엇인가'라는 질문을 해야 합니다. 연극판에서 힘들게 살면서도 무대에 서면 행복할까? 물론 "예"라고 답하는 사람은 별로 없어요. 많은 이들이 스타가 되고 싶어 하죠. 스타가 되고 싶으면 어떻게 하느냐. 또 주제파악을 해야겠죠. 난 어떤 능력이 있는가. 웃기는 사람인가, 감동을 주는 사람인가, 진정성이 있는 사람인가. 의외로 우리는 자기 자신을 잘 몰라요.

제가 배우지망생이라면 수단과 방법을 가리지 않고 도전할 것 같아요, '3개년 계획'을 세워놓고. (웃음) 제일 먼저 1단계는 일단 1년쯤 연기를 배우거나 집중해서 연습하며 주제파악을 하는 시기예요. 이때 생각해볼 게 있어요. 예를 들어, 배우들을 장동건과科, 한석규과, 송강호과, 이렇게 세 가지로 나눠봅시다. 꽃미남과, 코미디가 되는 과, 평범한 연기에 능한 과라고 할 수 있죠. 이를테면 원빈은 당연히 장동건과고. 박해일은 한석규과죠. 류승룡은 송강호과. 이 중에서 사람들 눈에 제일 잘 들어오고 뜨기 쉬운 건 장동건과입니다. 두 번째로 뜨기 쉬운 건 송강호과죠. 제일 뜨기 힘든 게 한석규과예요. 튀는 캐릭터는 빨리 주목받고 성공할 수 있지만 쉽게 질리기도 합니다. 반대로 평범한 캐릭터는 뜨기는 힘들지만, 일단 뜨면 오래갑니다. 1단계 주제파악, 이 과정이 필요합니다. 나는 어떤 과에 속하는지 꼭 한번 생각해봐야 해요.

2단계 1년은 나를 검증하는 시간을 가질 거예요. 우리나라에서 여섯 단계만 거치면 모르는 사람이 없다고들 하잖아요. 아는 사람 다리를 건너면 매니지먼트사의 실장급은 만날 수 있을 거예요. 저라면 어떻게 해서라도 열 군데든 스무 군데든 전문가들을 만나 이야기를 들어보겠어요. 사실 여섯 단계만 거치면 윤제균이라는 사람도 만날 수 있어요. 그건 정말 각자의 노력이에요.

그리고 오디션을 적어도 10개 이상은 볼 것 같아요. 그러면 전문가들이 너는 어떤 매력이 있고, 뭐가 부족하고, 이런 점은 더 살렸으면 좋겠고 등등 평가해줄 거예요. 그러면 어느 정도 나에 대한 평가를 객관적으로 할 수 있겠죠? 그러는 사이 어떤 오디션에는 붙기도 하면서 나에 대해 검증할 수 있을 거예요.

## 배우 3단계 프로젝트의 마지막 단계

1, 2단계를 통과하고 3단계가 되면 중요한 건 인맥을 쌓는 겁니다. 그런데 인맥도 주제파악을 해가면서 쌓아야 해요. 신인이 매니지먼트사 대표나 유명한 감독들하고 인맥을 쌓으려고 하면 안 되죠. 가능하지도 않고요. 예를 들어 오디션을 통해 어느 영화의 단역을 맡게 되었다고 합시다. 그러면 자기와 동일 선상에 있는 사람들, 연출부 막내, 촬영 스태프들, 이런 친구들과 함께 성장해야 합니다. 나중에 도움을 받을 수도 있거든요. 이들 중 누가 제2의 윤제균이 될지 모르잖아요. (웃음) 조연, 단역은 아예 조연출 선에서 캐스팅하는 경우도 많아요. 대사 없는 단역은 수백 명이 나오기도 하는데 그걸 일일이 감독이 캐스팅 안 하죠. 그러니까 막내 연출부와 친해지는 게 좋습니다. 언젠간 감독이 될 수도 있는 사람들이고요. 매니지먼트사에서도 막내들과 친해지세요. 평판 관리, 인맥 관리는 거기서부터 시작하는 겁니다.

이렇게 3단계 프로젝트를 거치고 나면 승부를 걸게 되겠지요. 하지만 '올인'은 하지 마세요. 모든 걸 걸면 판단력이 흔들려요. 판단력이 흔들리면 사기꾼에게 당할 수도 있고, 조금이라도 칭찬해주는 사람들에게 혹하고, 여배우 같은 경우 잘못된 길로 갈 수도 있게 됩니다. 남자배우도 마찬가지고요. 균형을 잡는 게 중요합니다. 취업 준비든 장사든 아르바이트든 안 됐을 때의 대안을 항상 생각해두며 하라는 겁니다. 인생의 모든 것을 걸기에는 잘못됐을 때 받는 상처가 너무 크거든요. 그러니까 제가 얘기하는 3개년 프로젝트 딱 해보고 아니다 싶을 땐 터는 거죠. 물론 이건 '스타'가 되고 싶은 사람에게 하는 얘기예요. 간절히 연기를 하고 싶은 사람은 꾸준히 해나가면 돼요. 열심히 하다 보면 1년이 될지 10년이 될지 모르지만 반드시 기회는 옵니다.

### 〈국제시장〉을 블라인드 캐스팅으로 진행한 이유

매니지먼트사에 소속되어 있지 않은 배우지망생들은 캐스팅 기회가 거의 없는 게 현실이죠. 저는 그 사람들에게 기회를 주고 싶었어요. 저도 영화계에 아무 연고 없이 아웃사이더로 시작하면서 정말 힘들었는데, 배우는 더 힘들 거잖아요. 그런 배우들에게 말 그대로 꿈과 희망과 용기 같은 걸, 캐스팅될 수 있다는 걸 보여주고 싶었어요. 소속사 없이 오디션으로 캐스팅되는구나.

소속사가 없는 신인 배우들이 제일 많이 했던 얘기가 이거였어요. 공개 오디션이라 해놓고 사실은 짜고 치는 고스톱 아니냐. 저는 그게 아니라는 걸 보여주고 싶었어요. 〈국제시장〉 때 캐스팅된 배우들한테 제가 직접 연락을 했는데요. "뭔가 착오가 있는 거 아니냐", "소속사가 없어서 작업하다가 잘리는 거 아니냐" 하는 친구들도 있었어요. 광부 역할을 했던 배우들도 소속사가 없는 경우가 반 이상이었는데, 그 친구들도 자기가 왜 캐스팅됐는지 당황했다고 하더라고요.

사실 이게 가장 바른 방법이잖아요, 편법이 아니라. 그런데 그게 일반인이나 관계자들에게 이상해 보이는 게 영화계의 현실이라는 거죠.

공개오디션, 블라인드 캐스팅의 장점은 일단 연기 못하는 배우들이 없다는 거예요. 친분으로 들어온 배우가 연기를 잘하면 다행인데, 영화를 보다가 "저 배우가 왜 저기 나오나?" 싶은 건 문제가 있거든요. 어쩔 수 없이 했거나, 써줘야 할 상황이었던 거죠.

그렇다고 그런 방식을 너무 나쁘게 보진 않았으면 좋겠어요. 제작자가 보통 4, 5년 고생하다가 영화 한 편 들어가요. 그 사람이 그동안 얼마나 많은 마음의 빚을 졌겠어요. 신인 감독도 마찬가지고요. 저도 힘들고 어려워서 밥 사 먹을 돈도 없을 때 밥 사주고 술 사주고 했던 매니저 친구들이 있었어요. 그 친구들이 이사 되고 임원 되고 독립해서 대표도 됩니다. 그러다가 회사가 어렵다는 소식과 함께 딱 한 명만 써달라는 부탁을 해요. 당연히 주연은 안 되죠. 비중 있는 조단역도 공개 오디션으로 뽑아요. 하지만 대세에 큰 지장이 없는 역할의 경우 다릅니다. 어렵고 힘들 때 도와줬던 그 친구가 부탁하면 안 들어줄 수 있겠어요? 거절하기 쉽지 않죠. 물론 배우가 연기를 못하면 안 되죠. 저희 연출부한테도 꼭 물어봐요. 마음의 빚 갚을 사람이 있느냐고.

살면서 가장 힘들고 어려울 때 도와준 사람을 매몰차게 거절하는 게 당연할 걸까요? 어렵고 힘들었을 때 도와준 사람을 돕는 게 더 인간적일 수 있잖아요. 요즘은 저처럼 생각하는 감독님들이 오히려 더 많아진 것 같아요, 옛날보다는요. 이제는 반반 정도 되는 것 같아요. 감독도 영화 한 편에 인생이 오락가락하거든요.

　최선을 다하고, 그랬는데도 안 된 것에 대해서는 실망할 필요 없어요. 배우나 텔런트 중 소위 말해 스타라고 할 수 있는 배우가 얼마나 될까요? 스타가 되는 건 몇만 명 중 딱 1명이에요. 능력이 없어서 스타가 못 된다고 자괴감에 빠지고 그러지 마세요. 스타가 안 되는 게 당연하고, 그게 정상이에요. 톱이 된 그 사람들이 비정상인 거죠. 스타가 안 되는 것 자체가 그게 정상이다, 스타가 되는 게 비정상이다. 그걸 알았으면 해요.

〈국 제 시 장〉
감독 윤 제 균
2015. 2. 3

항상 꿈과 희망을 간직하고
원하는 모든 꿈 이루어지길…

**03**

# 오디션,
# 발상을 바꿔라

---

결국 오디션의 결과를 좌우하는 것은
사람마다 성공의 타이밍이 다르다
내 연기가 정답이 아닐 수도 있다
'으레 하는 말'을 믿지 마라
아이돌 배우만큼 땀흘리고 있는가

Interview PD **신원호** 〈응답하라〉 시리즈

# ★
# 결국 오디션의 결과를 좌우하는 것은

배우를 꿈꾼다면 수많은 오디션을 경험하고, 그만큼 낙방의 아픔을 겪을 수밖에 없다. 그렇게 실패를 거듭하다 보면 자신감을 잃게 되는 건 당연한 일이다. 잘 본 것 같은데 결과가 좋지 않았다면 더 실망할 것이다.

매니저였을 때 기대하던 한 신인이 있었다. 그 역시 오디션을 많이 보았다. 그런데 오디션마다 그 신인에 대한 피드백이 달랐다. 어떤 오디션에서는 아주 잘했는데 이 점이 아쉬워서 불합격, 어떤 오디션에서는 또 다른 이유로 불합격. 차라리 돌아오는 답이 같았다면 그 부분을 다듬었을 텐데 말이다.

반대로 요즘은 캐스팅 업무를 하며 새삼 느낀다. 사람마다 기준이 모두 다르다. 그러다 보니 한 배우를 두고도 평가가 엇갈린다. 어떤 이에게는 좋은 배우, 가능성 있는 배우이지만, 어떤 이에게는 불안하고 연기를 못하는 배우이기도 하다. 누군가에게는 장점으로 보이는 것이 큰 단점이 되기도 하고, 누군가에게는 그 단점이 개성으로 여겨지기도 한다.

이런 일들을 지켜보며 연기에 대해 논할 수 없는 내가 감히 깨달은 점이 있다. 결국, 오디션의 결과를 좌우하는 것은 '연기자와 그 연기를 판단하는 감독과의 궁합'이라는 거다. 감독이나 제작자들이 좋아하는 연기는 사람마다 다르다. 배우들 역시 잘하는 것과 못하는 것이 분명히 나뉜다. 그렇기에 배우가 잘하는 지점과 감독이 좋아하는 지점이 딱 맞아떨어지는 그 순간 캐스팅으로 향하는 문이 열리는 것이다. 그러니 무조건 낙담하지 마라. 당신 잘못이 아닐 수도 있다. 단지 아직 그 기회가 오지 않은 것일 수도 있다. Ⓚ

# ★
# 사람마다 성공의 타이밍이 다르다

앞으로 당신이 접수한 오디션 횟수만큼이나 거절 또한 많이 당할 것이다. 익숙해져야 한다. 그리고 아주 독해져야 한다. 거절 앞에서도 웃을 수 있는 강한 마음가짐이 필요하다.

살면서 만나는 모든 사람에게 사랑받을 수 없듯, 모든 오디션에서 제작진들에게 사랑받을 수 없는 건 당연한 일이다. 당신은 숱한 거절을 경험할 수밖에 없다. 그것은 모두 '과정'이다. 그러니 부디 상처받지 마라. 어쩌면 단 한 번의 오디션으로 성공할 수 있다고 믿는 것 자체가 공짜를 좋아하는 심보일 수 있다.

거절당하는 것을 두려워하지 말고, 거절에 지나치게 의미를 두지도 말자. 거절의 과정 자체를 받아들이고 익숙해지는 것이 가장 덜 상처받는 방법이다. 지금 낙방했다고 모든 기회가 끝난 것은 아니다. 선배 배우들도 모두 그 거절의 과정을 딛고 자신의 존재를 알렸다. 쓸쓸한 거절도 진귀한 '경험'이 되어 언젠가 당신의 연기에 녹아날 것이다. 그날이 온다는 것을 믿어라. 도전하는 과정이 언제 끝날지 모르는 터널처럼 느껴지고, 그 속에서 막연한 두려움에 괴로울 것이다. 성공을 보장할 수 없는 길을 버티고 버티며 걷다가도 또래나 후배들과 현실적인 문제를 놓고 비교하면 한숨도 나올 것이다.

사람마다 성공의 타이밍은 다르다. 제법 나이가 들고 나서 성공하는 배우도 많이 봤을 것이다. 이들을 보면 젊었을 때 스타가 되는 것만 배우로서 성공하는 길이 아님을 알 수 있다. 인정받게 되는 최종적인 그 순간이 당신의 성공을 말해준다. 물론 그 과정이 고통스럽다는 것을 안다. 하지만 터널은 반드시 끝이 있을 것이고, 머지않아 눈부신 빛이 비칠 것이라는 믿음으로 준비하자. Ⓚ

# 내 연기가 정답이 아닐 수도 있다

과거에 만났던 한 배우는 자신의 연기에 대한 자신감이 하늘을 찔렀다. 학문적으로는 누구도 따라올 수 없을 만큼 지식도 있었다. 하지만, 그게 전부였다. 본인의 연기에 전혀 유연함이 없다 보니 어떤 감독도 그와 함께하려고 하지 않았다. 감독들이 그에 대해 한결같이 했던 말이 "부담스럽다"였다. 그의 연기를 바꿔줄 자신이 없다는 거다. 그 배우는 감독들을 원망만 하다가 현재는 다른 일을 한다. 참 좋은 사람이었는데 말이다.

수학 시험을 치르듯 오디션을 대하지 않았으면 한다. 내 답이 맞는데 사람들이 나를 몰라준다고 원망해봐야 자기 손해다. 자신의 연기가 정답이 아닐 수도 있다는 유연한 생각을 가져야 한다. 작품은 감독과 스태프, 배우가 함께 만들어가는 것이다. '황진이'만 해도 시대마다 다양한 인물로 해석되어 재탄생한다. 창조적 해석과 재변용의 과정을 거쳐서 늘 새로운 작품과 캐릭터가 만들어지게 마련이다. 자신의 판단만 믿고 행동하는 것만큼 어리석은 것은 없다. Ⓚ

# ★
# '으레 하는 말'을 믿지 마라

회사 근처 카페에서 우리 팀이 진행 중인 드라마 오디션을 봤던 신인과 마주쳤다. 들으려고 한 건 아닌데, 옆자리에 앉아 있던 그 신인이 일행과 나누는 이야기가 들렸다. 감독님이 자신의 연기를 칭찬했고, 본인도 꽤 만족했다는 평이었다. 나 역시도 오디션 결과가 궁금했던 터라 카페에서 나오며 담당 PD에게 전화를 걸어 결과를 확인해보았다. 그런데 의외의 답이 돌아왔다. 그 신인이 너무 평범했고, 배역을 줄 정도의 실력이 되지 않았다는 거다.

왜 이 두 사람은 서로 다른 얘기를 하게 된 걸까? '으레 하는 말' 때문이다. 오디션을 본 후 감독이 아주 형식적으로 "연기 괜찮네요"라고 한 것에 신인 배우가 큰 의미를 부여해서 생긴 오해였다. 아무래도 배우 입장에서는 오디션을 보고 나서 흘려들어야 할 '으레 하는 말'까지도 지푸라기 잡는 심정으로 특별하게 받아들일 수밖에 없다. 인터뷰했던 윤제균 감독은 "잘했다"라고 말하는 것조차 조심스럽다고 했다. "수고했다. 고생했다"라는 의미로 한 말인데, 배우는 칭찬으로 받아들이는 경우가 많다는 거다.

듣기 좋은 말에 취하지 말자. 그렇다고 안 좋은 소리에만 귀 기울일 필요도 없다. 다만 상대의 반응을 내가 보고 싶은 쪽으로 해석하면 위험하다. 칭찬에만 익숙해지면 진심 어린 조언을 조언으로 받아들이지 못한다. 싫은 소리를 들으면 자신을 미워해서 하는 말이라며 감정 문제로 치부해버린다. 그러면 잘못된 습관이나 부족한 점을 개선할 여지가 없다. 칭찬과 으레 하는 말은 구별하자. 구별하기 어렵다면 칭찬을 들었을 때 차라리 격려라고 생각하자. Ⓨ

# ★
# 아이돌 배우만큼 땀흘리고 있는가

아이돌의 짧은 평균 수명을 생각해보면 분명 연기는 그들에게도 또 다른 기회이자 탐나는 일이다. 무명 신인에 비하면 아이돌이 보는 오디션은 사실상 미팅에 가깝다고 해도 무방할 것이다. 아마도 아이돌 가수들이 쉽게 연기로 전향하는 모습을 보며 많은 이들이 박탈감도 느꼈을 테다.

제작진도 역량 있는 신인을 쓰고 싶지만, 눈물을 머금고 실력이 부족한 아이돌을 캐스팅하는 경우가 있다. 당장 눈앞에 보이는 시청률, 광고 판매, 해외 판권 등이 걸려 있기 때문이다. 아이돌의 입장에서도 자신이 원해서라기보다 소속사에서 연기로 방향을 잡아주는 경우도 있다. 미쓰에이 수지도 연기가 준비 안 된 상황에서 〈드림하이〉 주연 자리가 들어와 그 부담감에 울고불고 난리였다고 하니 아이돌 탓만 할 수도 없는 일이다.

그렇다고 아이돌이 연기하는 것에 반대한다는 얘기를 하려는 게 아니다. 그들 중에는 이를 악물고 열심히 노력해서 점점 더 성장하는 이들이 분명 있기 때문이다. 박유천, 임시완, 이준처럼 아이돌 출신들이 배우로 훌륭히 자리매김하는 경우가 늘고 있다. 이들은 연기할 때 가수가 아니라, 철저히 배우로 비친다. 오히려 무대에서 춤추고 노래하는 모습이 어색할 정도다.

이들에게는 공통점이 있는데, 될 때까지 하는 지독한 연습 벌레라는 점이다. 아이돌 출신 배우들은 연습생 시절부터 강도 높은 트레이닝과 인내하는 과정을 거쳐왔고 안 되면 되게 만들자는 마음가짐을 가지고 있다. 칼 군무를 맞추기 위해 될 때까지 반복해 연습하는 것처럼, 연기에 도전할 때에도 어쭙잖은 신인 배우보다 몇 곱절의 노력을 쏟는다.

그들도 안다. 인기 덕분에 남들보다 쉽게 주연 자리를 꿰찬다는 사실을. 하지만 잘하지 못하면 사람들은 냉담하게 돌아설 것이고, 다시 연기할 수 있는 기회마저 박탈당할 수 있다는 현실도. 그렇기 때문에 부끄럽지 않은 연기를 하려고 미친 듯이 연기에 집중하고 또 집중하는 것이다. 게다가 영화나 드라마 제작 관계자들 중에는 아이돌 출신이라는 꼬리표 때문에 그를 배우로 인정하지 않고 배제하는 경우도 더러 있다. 오히려 아이돌 출신이기 때문에 차별당하는 것이다.

아이돌이 다른 배우지망생이나 신인보다 쉽게 주목받고 주연을 맡는다는 건 부인할 수 없는 사실이다. 아이돌이 배우 자리를 뺏어간다고, 오디션을 해봤자 아이돌이 될 거라고 불평불만해도 소용없다. 앞으로도 아이돌이 높은 팬덤을 유지하는 한 그런 일은 지속될 테니까.

그렇게 당신이 불평불만하며 아무 노력도 하지 않을 때, 아이돌들은 연습실에서 피나는 연습을 하고 있을 것이다. 웬만한 아이돌의 평균 수면시간이 4시간이라고 한다. 새벽부터 늦은 밤까지 스케줄을 소화하느라 개인 시간도 없는 그들에 비해 당신은 하루를 어떻게 보내고 있는가?

어차피 피할 수 없는 경쟁이라면 이겨야 한다. 그런 아이돌과 경쟁해서 이기려면 더욱 악착같이 독해지는 방법밖에 없다. 있는 힘껏 부딪혀서 진정한 배우가 되어보자. 지금 만약 당신이 웬만한 아이돌보다 더욱 연습하고 피땀 흘려 도전하고 있다 자신한다면 나는 당신을 바로 캐스팅하겠다. ⓨ

# PD 신원호

## 〈응답하라〉는 어떻게 오디션을 보았나

처음에는 아무것도 몰랐죠. '드라마하는 사람은 오디션을 어떻게 보는 거야?' 하고. 저희도 흔히 생각하는 것처럼 대본 중에서 중요한 부분을 놓고 보거든요. 등장인물의 캐릭터가 가장 잘 드러난 부분, 또 이런 캐릭터인 줄 알았는데 반전이 있는 부분을 발췌해서 오디션을 봤죠. 〈응칠〉 때는 그렇게 오디션을 봤는데, 〈응사〉 때는 조금 달랐어요. 제가 스포일러를 굉장히 싫어하거든요. 하다못해 예고편에 주요장면을 낚시처럼 넣는 것도 절대 못 쓰게 하거든요. 본방을 보는 사람들이 희열을 느낄 수 있게. '아! 알고 보니 삼천포가 열여덟 살이었어' 같은 걸 본방을 보는 분들만 누릴 수 있게 하고 싶어서. 응사 때는 응사 대본 없이 응칠 대본으로 오디션을 봤어요. 시놉시스도 만들지 않고, 똥배짱이었지요. (웃음) 사람들이 아무도 몰랐어요. 어쨌든 우리가 보고 싶은 부분 발췌해서 주고 5분에서 10분 동안의 오디션을 진행했어요.

## 예능 출신 드라마 PD의 오디션 방식

다른 현장은 보통 오디션장에 들어오면 바로 연기를 하게 될 거예요. 그런데 저희는 조금 달라요. 앞에 사설이 길죠. 앉혀놓고 "몇 살이에요, 고향이 어디예요, 부모님이랑은 어떠세요?" 물어보고 마음에 든다 싶으면, "여자친구 있어요? 연애 어떻게 해요?" 인성은 어떤지, 착한지, 여자를 잘 사귀는지 등등 사람으로서의 그 친구를 알아보려 하죠.

저희는 예능을 하던 팀이라서 다른 건 몰라도 사람은 잘 보거든요. 예능은 자연인이 들어오는 거잖아요. 만들어진 캐릭터가 아닌 거죠. 물론 그 사람의 전부가 아니라 특정한 면을 보여주는 것이긴 하지만, 진짜 그 사람을 보여주는 게 중요하거든요. 그 사람 캐릭터 중에 돋보여야 할 부분, 쓸 만한 부분을 활용해야 하고요. 드라마에서도 되도록 그 배우의 캐릭터를 드라마 안에 많이 녹이려고 해요. 캐릭터와 배우의 진짜 성격 사이의 간극을 줄여주는 게 연기하는 데 큰 도움이 되거든요. 아무래도 배우들이 편하게 연기를 하고 완전히 캐릭터 안에 들어온 상태이기 때문에 애드리브를 하나 치더라도 달라요. 제작진이 생각하지 못했던 부분들, 이 캐릭터라면 이렇게 하지 않을까 하는 부분까지도 꺼낼 수 있어요. 그건 배우들이 더 잘 알거든요.

그렇게 되려면 캐릭터와 성향이 비슷한 배우가 좋기 때문에 이미지나 성격, 인품, 그런 부분을 많이 보죠. 연기는 좋은데 성격이 모가 나 있어서 부딪히겠다 싶으면 같이 안 해요. 저한테야 물론 잘하겠지만 스태프나 나머지 배우들과도 잘 맞아서 현장이 무리 없이 돌아가게 해야 하니까요. 저는 분위기를 중요시하거든요.

오디션에서는 아이돌이든 가수든, 신인이든 10년 이상의 경력자든 무명이든 중요하지 않아요. 제가 찾는 캐릭터, 그 연기를 잘할 수 있을 것 같은 배우면 돼요.

## 오디션을 심사하는 이의 속마음

사실 오디션을 보면, 속으로는 세 명 중 두 명은 다른 일을 찾아보라고 말해주고 싶어요. 그렇지만 오디션에서 솔직히 못한다고 얘기해본 적은 한 번도 없어요. 제가 직설적으로 말을 못해서 다 좋은 얘기만 하고 보내기는 하는데, 내 새끼였다면 참 속상하겠다 싶은 친구들도 있어요. 말을 들어보면 나름 본인은 잘하는 줄 알고 있는데, 소중한 시간 허비하게 하느니 내가 나쁜 놈 된다 생각하고 제대로 얘기해줄까 싶을 때도 있고요. 괜히 꿈꾸게 하는 게 못할 짓 같기도 해서요.

첫 번째 대사 듣고 두 번째 대사 들을 때쯤에는 알아요. "톤 좀 바꿔서 이렇게 해볼래요?"라고 해보기도 하지만 중간부터는 다 알아요. '이 친구는 안 되겠구나' 하고. 그때부터는 머릿속으로 '이 친구 상처 안 받게 어떻게 좋은 얘기를 해줄까' 생각하거든요. "발성은 좋아요. 나중에 언제 좋은 기회에 봐요." 그렇게 보내면서 속으로는 '다른 일 하는 게 나을 거 같은데. 네 얼굴로는 어떤 일을 해도 사람들이 다 좋아할 텐데'라고 말해주고 싶은데 못하죠. 잘되는 사람은 어느 분야나 1퍼센트밖에 안 되잖아요. 근데 유독 그 1퍼센트가 도드라져 보이는 분야가 이쪽이라서 그렇겠지만, 헛된 꿈을 꾸게 하는 건 아닐까 걱정되기도 해요.

참 어려운 질문이에요. 연기는 방향을 어떻게 잡느냐에 따라서 여러 스타일이 있거든요. 홍상수 감독의 영화를 찍을 수 있는 배우들도 있고, 〈한공주〉의 천우희 같은 연기를 할 수 있는 배우도 있어요. 비슷하지만 다르거든요.

감정적으로 깊이 들어가는 〈한공주〉의 천우희 같은 경우 그 캐릭터 깊숙이 들어가 사는 스타일이에요. 그래서 기자들이 그런 질문을 했어요. "그런 캐릭터에서 빠져나오려면 힘들지 않냐"고요. 그랬더니 "너무 고통스러웠다"고 하더라고요. 반대의 경우도 있어요. 성동일 씨 같은 경우 기자들이 "1년에도 여러 작품을 하시는데, 캐릭터마다 들어갔다 나오려면 참 힘드시겠어요?"라고 물었더니 "왜 힘들어? 들어간 적이 없는데" 하더라고요. 성동일 씨는 연기자를 기술자라고 해요. 연기 기술자. 연기자들이 예술가인 척하는 걸 싫어하시거든요. 전 그래서 이 배우를 참 좋아하는데, 물론 성동일 씨에게도 안 맞는 역할이 있겠죠.

참 여러 가지가 있고 모두 달라요. 제가 생각할 때는 TV드라마에서 〈은교〉나 〈한공주〉의 연기를 하면 튀어요. 물론 드라마 연기라는 게 따로 있는 것은 아니지만, 뉘앙스가 분명히 달라요. 조금은 가벼운 연기들, 그 속에서 혼자 무겁게 연기를 하면 극에 굉장히 방해가 돼요. 그렇게 종류별로 다르기 때문에 이 연기가 좋다, 안 좋다는 얘기를 함부로 할 수 없죠.

©CJ E&M

저나 이우정 작가는 부담스러운 연기를 별로 안 좋아해요. 막 소리 지르고 일인이역 하면서 울부짖는 연기를 바로 눈앞에서 보면 좀 민망해요. 겉으로는 "잘하시네요"라고 하지만, 저희는 일상과 딱 붙어 있는 드라마를 하다 보니 거기에 맞는 연기를 찾아요. 그런데 만일 부담스러운 연기를 코믹하게 표현하는 친구들을 보면, 재미있게 웃으면서 보고 그 사람 안에 있는 코믹함을 기억해뒀다가 그것이 필요할 때 기용하기도 해요. 그런 식으로 오디션을 보죠.

트렌드를 본다면, 확실히 드라마든 영화든 생활연기, 실생활에 가까운 연기를 기대하는 흐름이 점점 더 강해지고 있어요. 옛날같이 연기하는 건, 눈에 익어서 잘 구분이 안 되기도 하겠지만, 실제라고 생각하면 너무나 말도 안 되는 연기들이 많거든요. 누가 친구들과 그렇게 얘기해요? 남자들 보면 기본적으로 이 새끼 저 새끼 섞어 말하잖아요. 물론 대본의 문제이기도 하죠. 또 길을 걷다가 전화가 오면 누가 멈춰 서서 전화를 받겠어요? 아주 충격적인 얘기를 들었을 때나 그렇죠. 그건 철저히 카메라 동선에 입각해서 만들어진 거예요. 그런 것이 이젠 관례화되어 버렸고, 이건 절반은 대본의 문제, 감독의 연출 문제이기도 해요. 누가 혼잣말을 그렇게 해요? 혼잣말을 해서 해결해버리거나 엿듣는 전개가 편하니까 그렇게 하는 것이죠.

대본이나 연출 쪽에 그렇게 관례화된 정형들이 있다 보니 연기도 거기에 맞추게 된 거죠. 저희 드라마도 정형화된 표현이 있기는 해요. 어쩔 수 없이 카메라로 잡아야 하는 게 속성이니까 배우의 움직임을 못

잡게 되는 경우도 있고 한 번만 연기를 하는 것이 아니라, 앵글을 바꿔가며 연기를 해야 하니까 마음대로 위치를 바꿀 수도 없고. 하지만 되도록 배우들이 편하게 해주려고 하는 편이에요.

그래서 오디션을 볼 때도 그런 생활감이 있는 배우를 많이 뽑아요. 연기라는 것은 오래 하다 보면, 또 어디선가 배워오면 기존의 정형화된 연기가 고정되기 마련이어서 아무리 말해도 안 고쳐질 것 같은 배우들도 많아요. 그런 연기를 자연스럽게 하려면 자신한테 일상성이 많아야 하거든요. 무명 배우들은 우리 같은 일반인이잖아요? 누가 알아보는 것도 아니고, 각별히 누가 대접해주는 것도 아니고, 우리랑 똑같은 공간에서 똑같이 생활하니까 그게 아직 몸에 남아 있죠. 사람들이 알아보기 시작하고 스타가 되면, 일단 팔다리 움직이는 것부터 달라져요. 항상 카메라가 곁에 붙어 있는 양 행동하게 되죠. 그들의 잘못도 아니에요. 스타가 되면 어쩔 수 없는 거라서 보통 사람이 행동하는 거랑은 분명히 다르죠. 그런 행동이 없는 친구들을 찾다 보니 저 같은 경우 무명을 오래 했거나 신인을 뽑게 되는 거예요. 저희가 뽑는 기준에는 '일상성'이라는 게 커요. 일반인으로서의 모습요.

## 배우지망생에게 하고 싶은 한마디

아마 많은 사람들이 강연이나 공식적인 자리에서 그런 얘기를 할 거예요. 꿈을 포기하지 말고 열심히 하다 보면 결국 이룰 수 있을 거라고. 어차피 그런 말은 많이 듣는 말일 테니까 저는 학생들을 대상으로 하는 강연에 가면, 마지막에 꼭 그런 얘기를 해요. "물론 꿈은 중요하다, 내

삶의 길을 뚫어주고 결을 만들어주고 기둥을 세워주니까 사는 데 가장 중요한 가치이긴 한데, 그거 못 이루어도 상관없다. 사람들 대부분은 그렇게 산다." 물론 열심히 해야겠지만, 열심히 하다가 안 돼도 괜찮으니까 너무 자기 자신을 미워하거나 자책하지 않아도 된다고 말해요. 〈응사〉에서도 빙그레가 꿈을 포기하는 장면에서 내레이션이 딱 이거였어요. '괜찮다. 다들 그렇게 산다고 하니까. 가족을 위해서 포기하는 거니까. 가족이 꿈만큼 중요해서 그런 거니까. 그거 포기해도 남은 삶이 있으니까'.

너무 얽매이지 않았으면 좋겠어요, 짝사랑같이. 어느 정도의 짝사랑은 참 아름다운데, 도저히 이루어질 수 없는 짝사랑은 상대도 괴롭고, 본인도 괴롭고, 보는 사람도 괴롭거든요. 꿈도 삶을 망쳐가면서까지 따라가지는 않았으면 좋겠어요..

응답하라
신원호PD

**04**

# 지금은 못해도
# 괜찮아

연기 못해도 괜찮아
끼가 없어도 괜찮아
열등감 있어도 괜찮아

Interview 배우 김성균

# ★
# 연기 못해도 괜찮아

배우에게 연기력은 기본기이다. 그런데도 연기 좀 못해도 된다고 말할 수 있는 첫 번째 이유이자 조건은 '나이'다. 만약 아직 20대라면 연기 좀 못해도 괜찮다. 모 제작사 대표는 20대 때 연기 잘하는 사람이 어디 있냐고 대놓고 말하기도 한다. 연기는 시간과 경험치, 그리고 노력에 비례하는 결과물이기 때문이다.

많은 캐스팅 회의에서 20대는 연기 외에 이미지나 비주얼 혹은 다른 배우와의 '케미'만으로도 배역이 결정되곤 한다. 신입사원에게 회사 연간수익을 책임질 만한 역량을 기대하지 않듯 나이 어린 배우들에게도 마찬가지다. 연기 천재여서 데뷔할 때부터 스포트라이트를 받고 찬사를 얻으며 주인공급으로 승승장구하는 경우가 간혹 있기는 하지만, 그런 예외적인 일에 전전긍긍할 필요 없다. 20대 연기자에게 요구하는 연기력은 그렇게 기대감이 높지 않고, 잘하는 것과 못 하는 것의 차이가 그리 크지도 않다.

무엇보다 중요한 건 '목표'와 '방향'이다. 우선 스타와 배우 사이에서 확실하게 선택해야 한다. 그러면 많은 부분이 명쾌해진다. 소속사에 들어가야 하는 건지, 어떤 소속사가 좋은지, 연기 수업은 어떻게 해야 하는 건지, 배우가 되기 위해 누구를 찾아가야 하는지 등을 질문하기 전에 본인의 목표와 방향을 결정해라.

누가 봐도 자신이 조인성, 강동원, 전지현과 같은 비주얼에 주인공급 외모의 소유자라면 연기는 그다음에 생각하고, 빨리 스타로 만들어줄 소속사를 찾는 게 나을 수도 있다. 단, 누가 봐도 특출 난 외모여야 한다. 주변 친구들이 아니라 업계 사람의 평가로 말이다.

'나는 배우가 되겠어'라고 생각했다면 확실하게 카테고리를 정해서 본인의 경쟁력을 키워보면 어떨까? 예를 들어 흔히 말하는 '주인공 친구들', 뚱뚱한 캐릭터, 악역 등 미리 본인의 전공을 정해두고 준비하면 인정받는 기간을 단축시킬 수도 있다.

그 말은 달리 말해 기존의 단역→조연→조·주연→주연 순서를 밟으려고 하지 말고 본인에게 잘 맞는 방식으로 전략을 짜볼 필요가 있다는 뜻이다. 대학입시 때 모두가 선호하는 경쟁률 높은 학과에 지원하기보다 경쟁이 덜하거나 내가 잘할 수 있는 학과에 가는 것도 방법이듯 업계의 룰로 여겨지는 기존 배우들의 성장공식을 따르지 않고도 배우가 되는 길은 많다고 생각한다.

감히 말하지만, 연기를 업으로 삼은 이상 연기 연습을 많이 해야 한다. 지금은 연기 좀 못한다고 창피해하거나 불안해할 필요 없다. 우리가 연기를 잘한다고 인정하는 배우들도 연기를 못했던 시절이 있었다. 심지어 이순재 선생님도 20대 때 발연기를 한다고 선배들에게 많이 혼났다는 일화를 인터뷰에서 언급한 적이 있다.

　본인이 부족하다고 인정하는 데서부터 성장할 수 있는 가능성이 생긴다. 부족하더라도 인정하고 노력하자. 오늘의 연기보다 내일의 연기가 더 나아지면 그걸로 충분하다. ⓨ

# 끼가 없어도 괜찮아

일반인을 대상으로 하는 오디션 프로그램이나 〈스타킹〉 같은 프로그램만 보더라도 오히려 연예인보다 더 끼가 넘치는 이들을 쉽게 찾아볼 수 있다. 그야말로 끼가 넘치는 사람들이 넘쳐난다. 그렇다면 과연 '끼'와 연예인의 상관관계는 어떠할까? 배우나 연예인은 끼가 있어야 하는 걸까?

경험상 주변 연예인 중에서 끼가 넘치는 사람과 그렇지 않은 사람의 비율은 50대 50인 것 같다. '어쩌면 저렇게 끼가 없는 사람이 연예인이 되고 배우가 됐지?'라는 생각이 들게 하는 사람도 분명 있다. 아니, 생각보다 꽤 많다. 그런 이들은 자신이 학창시절에 지극히 평범했고 눈에 띄지도 않는 학생 중 하나였다고 고백한다. 어떻게 그리 평범하고 끼가 없는 사람이 배우가 되고, 심지어 스타까지 되는 걸까?

이유는 간단하다. 어릴 때는 보통 사람들 앞에서 주눅이 들지 않고 재능을 보여주는 당당한 사람들에게 끼가 있다고 평가한다. 하지만 본인도 모르는 끼가 잠재되어 있거나 여러 환경적인 요인으로 아직 발현 되지 않은 이들이 있다. 또한 끼는 부족하지만 간절히 바라고 원해서 성실과 노력만으로 끼를 키우는 경우도 있다. 즉 '끼'라는 건 뒤늦게 나타 날 수도, 비록 지금은 없더라도 후천적으로도 발전시킬 수도 있는 부분 이어서 어렸을 때의 끼만 가지고 연예인이 되냐 마냐를 예측하기는 어 렵다. 엄청난 끼와 재능을 가졌지만 스타가 되지 못하는 사람도 많고, 그 러한 재능은 없지만 노력과 운이 따라서 스타가 되는 일도 존재한다. 그 러므로 끼에 대해 지나치게 집착할 필요는 없다.

오히려 끼보다는 이 일을 확실히 좋아해서 즐기고, 오랫동안 집중력 을 가지고 매달릴 만한 집념이 있는지가 더 중요하다. 연예인 중에 모범 생 출신이 많은 건 그들에게 기본적으로 성실함이 배어 있기 때문이라 고 볼 수도 있다. 끼만 믿고 나도 한번 해볼까 하는 사람보다 자신의 강점 과 약점을 정확히 분석하고 약점을 보강하기 위해 꾸준히 트레이닝하는 사람이 결국엔 더 강력한 힘을 가지게 된다.

끼가 많은 사람은 본인이 조금만 노력해도 금방 사람들이 인정해줄 거라고 기대한다. 그래서 그만큼 싫증도 잘 내고 포기도 빠르다. 하지만 자신이 부족한 걸 아는 사람은 그 열등감을 채우기 위해 부단히 노력하 고, 그만큼 쉽게 포기하지 않는다. 아무리 힘든 상황이어도 포 기하지 않는 사람들이 진정으로 강한 법이다. 그러니 지금 끼가 없다고 너무 고민하지 마라. 아직 그 끼가 만들어지지 않았을 뿐이니까. Ⓨ

★

# 열등감 있어도 괜찮아

한 방송사와의 인터뷰에서 배우 윤여정 선생님이 지금까지 연기를 할 수 있었던 이유를 "열등감에서였다"고 말씀하셨다. 특이한 목소리 때문에 선배 연기자로부터 절대 성공하지 못할 거라는 비난의 말이 틀렸다는 걸 50년이라는 세월을 통해 몸소 증명하고 있는 셈이다. 그 인터뷰를 보는 순간 소위 말해 성공한 배우들이 공통적으로 언급하는 조건 중 하나가 열등감일지도 모른다는 생각마저 들었다.

못생겼다, 나이가 많다, 연극영화과 비전공자다, 피부가 안 좋다, 경험이 부족하다, 머리숱이 없다, 눈이 너무 작아 감정이 드러나지 않는다, 연기를 못한다, 절대 주연을 맡을 외모가 아니다 등등 앞서 언급한 평가는 성공한 배우들이 실제로 갖고 있던 열등감을 적은 것이다. 많은 인터뷰에서 배우들은 본인의 열등감에 대해 말한다. 그리고 그 열등감 때문에 남들보다 더 노력했다는 얘기도 빠지지 않는다.

중요한 건 성공한 배우들은 열등감을 무시하거나 흘려보내는 게 아니라 오히려 지독할 만큼 끌어안고 산다는 점이었다. 남이 봤을 때 '그 정도면 됐지'라고 생각할 수 있는 부분도 본인에겐 여전히 넘지 못한, 극복 못한 조건으로 인식하고 있었다.

성공한 배우들은 끝없이 자신을 부족하다 생각하고 이를 대체할 다른 무언가를 끌어와서 채워놓는 데에 열중했다. 그게 연기력일수도 경험일수도 혹은 노력일 수도 있다. 그리고 그 과정은 가혹할 만큼 지독했고 오래 지속됐다.

어쨌거나 그들에게 열등감에 관해 물어보면 이제는 자연스럽게 삶의 일부가 되어 끊임없이 다른 노력으로 치유하는 과정이라고 대답한다. 중요한 건 실패한 배우들이 오히려 열등감을 언급하지 않는다는 사실이다. 기회가 없어서 회사 운이 안 좋아서처럼 실패의 이유를 외부에서 찾는다. 본인이 재능 없고 오랜 기간 노력하지 않아서 실패했다고 말하는 배우는 본 적이 없다.

가장 중요한 건 '자기 자신을 객관적으로 잘 아는 것'이다. 자신에게 부족한 점을 정확히 알고, 이를 부인하지 않고 열등감마저 받아들이며 사는 것과 그렇지 않은 것의 차이는 상당히 크다. 열등감이 있다는 건 한편으로는 긍정적인 신호이다. 그만큼 자기 자신을 잘 알고 있다는 사실이기 때문이다. 오히려 본인이 가진 단점을 받아들이지 못하고 부인하는 게 더 불리하고 위험할 수 있다.

열등감을 받아들이자. 내가 부족하다고 받아들여보자. 자연스레 본인을 마주하고 부족한 부분마저 사랑하자. 대신 내가 가진 다른 걸로 세상에 한번 보여주겠다고 다짐해보자. 열등감은 분명 스스로 가진 짐이자 힘이다. 열등감을 극복하는 과정에서도 본인의 단점에만 집중해 없애려는 것보다, 장점을 극대화하는 방향이 더 도움이 된다. 이미 많은 선배들이 오랜 세월에 걸쳐 입증한 사실이다. 자신의 열등감을 자연스럽게 끌어안는 순간 당신은 또 하나의 가능성을 품게 될 것이다. ⓨ

Interview

© 텐아시아

# 영화배우 김성균

## 소문자 a형 연극배우에게 일어난 기적 같은 일

가까이서 지켜본 제 친구는 너무 신기하대요. 사실 저 자신도 기적 같고 놀라운 일인데 친구한테는 오죽하겠어요. 저도 진짜 막막한 때가 많았어요. 연기로 밥벌이하며 살 수 있는 날이 올까, 영화배우가 되려면, 많은 사람에게 알려지려면 뭘 어떻게 해야 할까. 그런 게 다 막막했던 거예요. 저는 열등감도 많고, 피부도 안 좋고, 얼굴에 흉터도 많고 잘생긴 것도 아닌데 수많은 잘난 배우들 틈에서 어떻게 해야 할지, 진짜 어디서부터 시작해야 할지 모르겠더라고요. 예전 선배들 보면 영화처럼 길에서 우연히 캐스팅되거나, 실력을 알아봐준 누군가가 끌어주는 일도 있었다는데 이제 그런 건 다 과거 얘기죠. 지금은 매니지먼트에서 철저히 관리한 신인이 차근차근 밟아가기 때문에 연극판에서 고생하다가 멋지게 영화에 등장하는 일은 일어날 수 없다고 생각했는데, 그런 일이 저한테 생기더라고요.

### 큰 배우를 꿈꾸던 지망생 시절

고등학교 때 극단 선배들 물 떠다가 드리고 청소하면서 연기를 시작했어요. 그러다가 군대 제대 후 극단에 들어가서 본격적으로 활동했죠. 그때는 존재만으로 모든 걸 장악하는 큰 배우가 있다고 생각했어요. 그런 분을 만난다면 내가 모르는 세계를 알려주지 않을까 싶어 여러 극단을 기웃거렸죠.

그러다가 '장자번덕'이라고 힘들기로 유명한 극단에 들어갔어요. 이곳이라면 연기에 대해 엄청난 것을 배울 수 있지 않을까 하는 생각에 짐을 싸서 합숙소로 갔어요. 폐교였는데, 방 한 칸을 제가 쓸 수 있는 거예요. 첫날, 그 방에 있던 앉은뱅이책상 앞에 앉아 일기를 썼어요. '두고 봐라, 나는 여기서 아무도 오를 수 없는 경지의 큰 배우가 되어 나가겠다.' 그런데 초심을 지키기 힘들었어요. 눈물이 쏙 빠질 정도로 훈련도 혹독하고, 환경도 힘들고. 그런 훈련을 묵묵히 견디기엔 너무 어린 나이였죠. 결국 1년도 못 채우고 도망 나왔어요.

만약에 돌아갈 수 있다면 그때의 저에게 1년만 더 채우라고 말하고 싶어요. 그 시기가 저한테 큰 재산이었어요. 이것도 해보고 저것도 해보고, 안 되니까 용을 쓰고 그래도 안 돼서 괴로워하고. 그랬던 시간이 저를 단단하게 만들어준 거 같아요.

### 닭볶음탕과 배우의 공통점은?

공연이 없는 날은 연극 무대를 만들거나, 공사장 일을 하는 등 지속적으로 다른 일을 했죠. 저는 다양한 것을 해보는 게 연기에 도움이 된다고 생각했어요. 예를 들어, 집에서 요리하면서도 연기 애기를 했어요. "닭볶음탕을 하면서 깨달은 게 있어. 왜 이 닭볶음탕 재료는 파를 굵직굵직하게 썰까? 양파도 닭고기랑 비슷한 크기로 썰잖아, 부재료가 주인공이랑 이렇게 맞아야지." (웃음) 그렇게 요리를 하면서도 연기와 접목시켰던 거죠. 그래서 이것저것 다해본 것 같아요.

계속 즐거운 생각을 하면서 꿈을 꿨어요. 그게 막막한 시기를 견딜 수 있게 해주었죠. 무대세트 공사를 한다거나 생활비를 벌기 위해 막노동을 할 때도 '내가 언제까지 공사판에서 돌을 날라야 할까, 도대체 언제까지. 정말 끝이 안 보인다' 이러는 게 아니라 '이건 내 본업이 아니다, 잠깐 하는 것이다. 나는 저기 저곳에 가 있을 사람이다' 이런 생각을 끊임없이 하는 거예요. 그러면 꽤 버틸 만하거든요. 돌을 나를 때도 그냥 하면 힘드니까 이런 상상을 했어요. '카메라가 저기 있고 내가 공사장에서 돌을 나르는 인부 역할이다. 여기서 이렇게 올라가면서 찍으면 땀을 이렇게 닦아야지.' 그러면 일도 수월해지고, 그게 하나의 훈련처럼 느껴지기도 했어요.

## 배우 생활을 버티게 하는 힘, 열등감

열등감을 극복한다기보다 열등감으로 인한 고통과 힘듦을 인정하려고 했어요. 열등감으로 인한 고통과 힘듦이 저한테는 버텨낼 수 있는 힘이 되더라고요. 저는 힘들면 힘들수록 그 상황이 견딜 만해지고 버틸 수 있는 힘이 생겼어요. 열등감 덕분에 오히려 내면이 좀 단단해진다고 해야 할까? 그렇게 내면이 단단해지면 웬만한 건 버틸 수 있어요.

촬영장에서 자존심 상하는 일이라든가, 부끄러운 연기를 해서 쥐구멍에라도 숨고 싶을 때면 속으로 '애당초 처음부터 나는 그렇게 대단한 사람이 아냐. 당신들한테 특별한 뭔가를 보여줄 수 있는 사람이 아냐! 그래, 나는 이만큼이야'라는 마음으로 제가 가진 모든 것을 다 보여줄 수 있게 됐어요.

### 뒤늦게 깨달은 오디션 비결

저는 오디션을 진짜 못 봤어요. 바보가 되어서 나옵니다. (웃음) 지금은 알겠어요, 제가 오디션을 왜 못 봤는지. 저는 너무 비장한 것을 보여주려고 했어요. 오디션은 말 그대로 오디션인데, 기본소양이나 이미지, 기본 정보를 보여주면 되는데, 저는 오디션장에서 그동안 배워왔던 모든 것을 1~2분 안에 다 보여주려고 했던 거예요. 그러니 보는 사람이 얼마나 거북하겠어요? 저도 요즘 오디션장에 구경 가보면 지금까지 해왔던 내공, 슬픔, 겪어온 모든 감정을 1분 안에 다 보여주려고 하는 친구들이 있어요. 그러면 그게 너무 부담스럽거든요. 보면서 속으로 '제발, 제발 울지 마, 눈물 흘리지 마!' 하는데 막 으허엉 하면서 울고. 그런 모습들을 보면서 '아, 나도 저래서 그동안 오디션을 못 봤던 거구나' 하는 생각이 들었죠.

〈범죄와의 전쟁〉 1차 오디션 때는 사투리를 쓰는 여러 가지 배역들이 있었어요. 보통은 많이 보여주고 싶어서 과격한 대본을 골라요. 예를 들면 그때 〈사생결단〉의 류승범 씨 대사 "피는 물보다 진합디다" 같은 것도 있었는데, 편안한 것도 있었어요. 저도 사실 과격한 대본 쪽으로 손이 가죠. 나도 이런 거 보여줄 수 있는데 하고 욕심이 났지만 편안하게 일상 어투로 하는 것을 선택해서 했어요. 아무 생각 없이 그냥 했죠. 근데 그게 덜컥 된 거예요.

연기라는 것은 훈련도 중요하고 살면서 체험하는 것도 중요하지만 결국은 '선택'인 거 같아요. 뭘 선택하느냐 하는. 요리하는 사람이 요리를 1~2년 하면, 기본적인 칼질, 마늘 빻고 이런 거는 능수능란해지잖아요. 근데 이 요리에 어떤 재료를 첨가하느냐는 선택의 영역인데, 그런 한 끗 차이로 계속해서 잘못된 선택을 했던 것 같아요.

제가 아서 밀러의 〈시련〉이라는 작품의 오디션을 본 적이 있어요. 서울에 있는 굉장히 큰 극장에서 하는 작품이었는데 연극배우라면 누구나 한 번쯤 서보고 싶어 하는 무대였거든요. 저도 오디션을 봤죠. 제가 아는 배우들은 모두 다 왔어요. 그때도 마찬가지였는데 남자 배우가 백 명 있으면 백 명 모두 마지막 엔딩 대사 "왜냐면 전, 존 포터니까요."만 하는 거예요. 심사위원들이 "네, 다음" 그러면 또 들어와서 "왜냐면 전, 존 포터니까요." 또 들어와서 "왜냐면 전, 존 포터니까요." 제 앞에 줄이 쭉 있는데 모두 그 대사를 선택했더라고요. 큰일 난 거죠. 저도 그 대사를 준비했거든요. 이거 큰일 났다 싶어서 급히 다른 대사를 찾아 바꿨는데 당연히 될 리가 없죠. 떨어졌어요.

너무 욕심내서 1~2분 안에 나의 모든 것을 쏟지 않아도 돼요. 그냥 편안하게 얘기를 해도 그 사람의 성향, 성격, 배역과의 어울림 같은 것들이 보이거든요. 과한 것은 안 하느니만 못한 것 같아요. 조금 부족한 것은 음악이나 다른 배우들과의 앙상블이나 이런 거로 채워 넣을 수 있는데, 과한 거는 진짜 어떻게 할 수가 없는 것 같아요.

## 후배들에게 하고 싶은 한마디

제가 힘들어했던 것과 비슷한 시기를 보내는 후배들에게 늘 이렇게 얘기해요. "나도 너랑 똑같았어. 나도 내가 밥벌이도 못할 줄 알았어." 예전에 김상호 선배님의 말씀이 큰 힘이 됐어요. 정말 어려웠던 시절에 소극장에서 공연을 했는데, 선배님이 술을 사주러 오셨어요. 그때 제 고민이 그거였어요. 밥벌이를 못하고 살면 어떡하나. 그게 제일 걱정이었거든요.

그런데 술을 마시다가 선배가 갑자기 어깨동무를 하더니 "야, 나는 내가 밥벌이도 못하고 살 줄 알았어" 그러더라고요. 선배도 그런 생각을 했구나 싶어 눈물이 핑 돌고, 얼마나 멋있어 보였는지 몰라요. 게다가 그날 국밥집이 아니라 스파게티가 나오는 식당에서 맥주도 사주고. 2차로 노래방에 가서도 한 잔에 삼천 원이나 하는 맥주를 사주는 거예요. 원래 저희는 맥주를 몰래 숨기고 들어가서 테이블 밑에 내려놓고 조금씩 따라 먹고 그랬는데, 노래방 맥주를 리필해가면서 마시니까 선배가 너무 멋있는 거예요. '이야, 이게 성공이구나' 싶고. (웃음) 그런 선배가 밥벌이도 못할 줄 알았다는 그 말이 너무 감동이었죠.

후배들도 저를 보고 힘을 냈으면 좋겠어요. 저 역시 밥벌이도 못하고 사는 건 아닐까 하며 여러분과 똑같은 걱정을 했던 사람이니까요. 그래도 강조하고 싶은 한 가지는 계속 꿈꾸는 것을 포기하지 말라는 거예요. 나중에 내가 어떤 모습이 되어 있을지 상상하면서 계속 꿈을 꾸고,

지금 상황이 괴롭다면 거기서 벗어나려는 노력을 계속했으면 좋겠어요.
그 노력이 뭐냐면, 연극을 하더라도 매너리즘에 빠져서 하던 작품, 하던
역할만을 하며 시간을 보내지 말고, 또 다른 작품들을 새롭게 시도해보
고 계속 이 작품 다음에는 이런 역할을 해봐야지 하는 결심을 하면서 미
래를 만들어나갔으면 좋겠어요. 나중에 큰 배우가 되었을 때의 모습을
계속 꿈꾸면서요.

## 05

# 신인 배우에게
# 권하고 싶은 10가지

---

# ★
# 다양한 인생을 경험하라

배우는 다양한 인생을 사는 직업이다. 누구나 아는 흔한 말이지만, 나는 이 말을 중요하게 생각한다. 그렇기 때문에 경험의 폭이 넓은 배우를 크게 신뢰하는 편이다.

예를 들어 여기 한 배우가 있다. 그의 하루는 매우 단순하다. 운동과 마사지, 그게 끝이다. 술도 안 마시고 친구도 많지 않아서 밤에 나가 노는 법이 없다. 여기까지 보면, 아주 건전하게 올바른 생활을 하는 배우처럼 보인다. 하지만 조금 더 깊이 들어가보면 얘기는 달라진다.

그는 어릴 때부터 누구나 좋아할 멋진 외모에, 원하는 만큼 풍족히 누릴 수 있는 단순하고 편한 인생을 살았다. 당연히 그에게 '절실함'이라는 건 존재하지 않았다. 절실함이 없다는 건 시간이 지날수록 배우에게 치명적인 단점으로 나타나기 시작했다. 절실하게 뭔가를 가지겠다고 생각해본 적도, 사랑 때문에 미친 듯이 아파본 적도, 울어본 적도 없었던 탓에 대본을 봐도 녹음기처럼 본인의 대사를 외우는 것에만 급급했고, 감정을 이해하지 못한 채 연기를 했다. 보는 이들이 그 캐릭터를 이해할 수 없는 것은 당연했다.

　배우는 혼자 연기하는 직업이 아니다. 사람과의 관계에서 빚어지는 기쁨, 고통, 슬픔, 환희 등 다양한 감정을 연기해야 한다. 경험은 그 밑거름이 된다. 아프지 않았던 사람은 아픈 연기를 할 수 없다. 결국 경험이 부족하면 시간이 지나도 연기가 늘 수 없다.

　내가 참 좋아하는 배우가 있다. 영화 〈백야행〉에서 요한을 연기했던 배우 고수다. 그는 경험을 중요하게 생각하는 배우다. 〈백야행〉에서 그가 맡은 요한 역은 대사가 아닌 눈빛만으로 깊은 외로움을 표현해야 하는 어려운 역할이었다. 영화 출연이 확정된 후 그는 극한 외로움을 경험하기 위해 골방에 들어가 살았다. TV가 없는 것은 물론이고 빛도 제대로 들어오지 않는 반지하에서 고독한 시간을 보낸 것이다. 그는 그 시간 동안 사람들의 발자국, 심지어 물방울 떨어지는 소리까지도 반가워하게 되었다고 고백했다. 아주 미세한 인기척에도 온기를 느낄 정도에 이르렀을 때, 그는 눈빛만으로도 외로움을 표현할 수 있게 되었다. 〈백야행〉 개봉 후, 그는 '고수의 재발견'이라는 극찬을 얻으며 연기력을 더욱 인정받게 되었다.

　이처럼 '경험'은 배우라는 직업에 맛을 더해주는 좋은 조미료다. 지금 당신이 겪고 있는 미세한 경험도 소중히 생각해라. 그것들이 작품에 녹아 빛을 발하게 될 것이다. 그러니 많이 보고, 많이 경험하자. ⓚ

# ★
# 많이 보고 많이 읽어라

앞서 말했듯이 많이 경험하고 느끼는 건 분명 중요하다. 하지만 모든 걸 경험하고 그걸 바탕으로 연기하는 건 불가능하다. 나이가 어리다면 더더욱 그럴 것이다. 그렇기 때문에 '간접 경험'이 중요하다.

배우는 어떤 역할을 맡게 될지 모른다. 조선 시대로 갈 수도 있고 먼 미래로 갈 수도 있다. 거지가 될 수도, 반대로 재벌이 될 수도 있다. 착한 사람 혹은 악마 같은 살인자가 될 수도 있다. 어떤 시대, 어떤 직업과 성격을 연기할지 예측할 수 없다. 그렇다면 경험해보지도 않은 걸 어떻게 표현할 수 있을까? 바로 '상상력'을 통해서다. 오로지 상상력에 의지해 많은 것들을 표현해야 한다. 그런데 그런 상상을 하지 못할 만큼 속이 텅 비어 있다면 어떻겠는가? 배우로서의 성공은 장담하기 어렵다.

수많은 신인에게 항상 강조했던 말 중 하나가 "무조건 많이 봐라"였다. 말 그대로 무조건 많이 봐야 한다. 국적, 장르 가리지 않고 영화와 드라마를 봐야 한다. 책도 아주 중요한 간접경험의 소재이다. 최대한 많이 서사를 경험하고 캐릭터를 만나야 한다. 많이 보고 많이 읽다 보면 어느 순간 상상력뿐만 아니라 지식이 풍부한 배우가 될 수 있을 것이다.

영화, 드라마, 책 속에는 미래에 당신이 맡을 캐릭터들이 이미 살아 숨 쉬고 있다. 그러니 이렇게 중요한 일들을 무시하고 넘기지 않기를 바란다. 누구나 똑똑한 사람을 좋아한다. 다르게 말하면 똑똑한 사람을 무시하지 못한다. 신인 배우가 영화나 드라마에 대한 이해도가 아주 높다면 그 신인에게 관심이 커질 수밖에 없다.

매니저들이 조마조마한 순간 중 하나는 담당 배우가 인터뷰할 때다. 혹시나 말실수를 해서 무식한 이미지로 비칠까 내심 걱정하는 거다. 사실, 인터뷰하는 모습을 보면 티가 난다. 편집의 힘으로 어느 정도 속일 수도 있겠지만, 그 배우의 지식과 이해의 깊이가 어느 정도인지 언젠가는 다 드러날 수밖에 없다.

〈꽃보다 할배〉로 그리스에 간 이순재 선생님이 고된 여행일정을 소화하면서도 잠들기 전 책을 펴는 모습이 인상적이었다. 오래 빛나는 배우로 존경받는 데에는 선생님의 노력이 숨어 있었던 것이다.

무조건 많이 봐라! 많이 보고 많이 안다면 누구도 당신을 쉽게 무시하지 못할 테니까. 다양한 삶에 대한 경험, 그리고 영화나 드라마, 책과 같은 간접경험을 쌓아야 사람들 가슴속에 오랫동안 남는 배우가 될 수 있다. Ⓚ

# ★
# 시간표를 짜라

소속사 없이 활동하는 배우에게 "요즘 어떻게 지내세요?"라고 물으면 대부분 알아보는 중이라거나, 준비 중이라고 대답한다. 하지만 그 생활을 '규칙적'으로 하는 사람은 거의 보지 못했다. 물론 언제 오디션이 잡힐지 모르고 변수가 많은 일이다 보니 규칙적으로 생활하는 게 힘들 수 있다. 하지만 소속사 없이 혼자 활동하는 배우일수록 시간을 쪼개어 쓰기를 권한다.

작년에 했던 일 중 가장 기억에 남는 것은 무엇인가? 곰곰이 생각해도 뚜렷이 기억나지 않는다면, 내세울 만한 일이 없었다면 1년 계획이나 시간표 없이 살았을 확률이 높다. 스스로 생활을 관리하려면 시간을 쪼개어 쓰는 방법을 익혀야 한다. 그렇지 않으면 생활은 늘어질 수밖에 없고 남는 것도 없이 시간만 지나가기 마련이다.

기간을 정하고 그 기간 동안 하루에 몇 시간은 어떤 일, 몇 시간은 어떤 일을 한다는 식으로 최대한 규칙적인 시간표를 짜보자. 그래야 그 기간이 기록으로 남는다. 예를 들어 앞으로 6개월간 하루에 한 시간은 오디션 정보를 알아보고, 일주일에 한 번은 제작사를 방문하고, 혹은 모든 방법을 최대한 동원해서 한 달에 한 번은 미팅을 잡고, 그리고 또 하루에 몇 시간은 운동과 영화 보기, 연기 연습 등으로 빼곡 채우고 나머지는 최소한의 수입을 얻을 일을 하는 것이다.

최대한 균형 있게 시간표를 짜보자. 시간표는 시간을 효율적으로 쓰게 해주는 것 외에도 이 시간을 견디는 막막함이나 막연한 두려움도 사라지게 해주는 장점이 있다. 내가 할 일과 한 일이 구체적으로 눈에 보이기 때문이다.

시간표는 나를 움직이는 동기가 되고 힘이 될 것이다. 시간이 많다고 느껴진다면, 바쁘다고 느껴질 만큼 타이트하게 스케줄을 잡아보기를 바란다. 그럴수록 행복감은 더욱 커질 것이다. ⓨ

# ★
# 롤모델을 보며 걸어가라

너새니얼 호손의 「큰 바위 얼굴」이라는 단편소설은 큰 바위 얼굴을 바라보며 흠모하던 '어니스트'가 결국 그 얼굴같이 인자함과 관대함을 지닌 사람이 되었다는 이야기다. 무언가를 바라보고 계속해서 지향한다는 것은 이와 같다. 마음에 품고 좋은 점을 흠모하다 보면 닮게 된다.

영화나 드라마 속에는 다양한 배우가 있고 그들은 각각의 연기 스타일과 삶이 있다. '나도 저런 연기를 하고 싶다. 나도 저런 배우가 되고 싶다'라는 생각이 드는 배우가 있다면 당신의 롤모델로 삼아라. 그렇다고 롤모델을 성대모사 하듯 흉내 내라는 말이 절대 아니다. 섣불리 따라 하다가 오히려 당신의 개성까지 잃을 수 있다. 롤모델을 만들라는 것은 그 사람이 어떤 작품을 어떻게 연기했고, 어떤 삶을 살았는지 그가 걸었던 길을 잘 보라는 의미이다. 어니스트가 큰 바위 얼굴을 마음에 두고 흠모했듯이 말이다.

많은 갈래의 길이 있다. 작품 선택, 그 외의 활동들… 처음부터 기준을 정하고 선택하기는 무척 어렵다. 무엇이 옳은지 무엇이 성공으로 가는 길인지 아무도 당신에게 알려주지 않는다. 그러니, 경험 많은 롤모델을 지켜보며 본인의 길을 개척했으면 한다. 그렇게 롤모델을 바라보며 길을 찾는 것만으로도 공부가 되고, 연기는 물론 삶에도 영향을 미칠 것이다.

롤모델을 정한다는 것은 시험 범위를 정하는 것과 같다. 시험 범위를 광범위하게 잡아서 시간낭비하지 말자. 모든 사람의 장점을 누더기처럼 갖다 붙여서 가질 수는 없다. 당신의 마음을 움직인 그 사람, 당신이 꿈꾸는 그 삶, 그것을 마음에 품고 핵심을 들여다보자. 그렇게 앞을 보며 살자.

누군가의 발자취를 따라 걷다 보면 길이 난다. 처음부터 길이었던 적은 없으며 발자국이 쌓이고 쌓여 길이 나는 법이다. 그렇게 믿고 한 발자국씩 힘 있게 뚜벅뚜벅 걸어가라. 앞을 바라보며 지치지 않고 걷다 보면, 어느 순간 자신의 발자국도 선명하게 찍혀 다른 사람에게 지침이 될 것이다. 시간이 흘러, 누군가 당신을 롤모델로 삼는 그 날까지 말이다. Ⓚ

# ★ 착하게 살라고 말하는 이유

너무나 교과서적인 말이지만, 착하게 살아야 한다. 무서운 세상이다. 그리고 아주 정확한 세상이기도 하다. 과거에 내가 어떻게 살아왔는지, 어떤 사람이었는지, 내가 말하지 않아도 다른 이들이 자세히 알려준다. 때로는 단 한 장의 사진이 내가 어떤 사람인지를 단정 짓게 만들기도 한다. 그런 세상이다.

억울할 것이다. 하지만 대중은 이미 반대편에 서 있다. 반대편의 사람들을 내 쪽으로 옮겨 오는 건 엄청나게 힘든 일이다. 아니, 불가능에 가깝다. 의도적이었든 실수든 그건 중요치 않다. 그저 욕할 대상이 생기면 누구든 반가운 게 사람들의 마음이다. 긍정적 이미지는 금방 잊히지만 부정적 이미지는 생명력이 강해서 웬만해서는 기억에서 사라지지 않는다. 그만큼 이미지는 무서운 것이다.

특히 신인이나 지망생들에겐 그것을 해명할 기회조차 없다. 과거의 한 장면이 자신을 발가벗게 만드는 듯한 기분이 들 수도 있다. 사진뿐이 아니다. 당신을 잘 알지 못하는 사람의 목격담, 경험담 등이 무수히 많은 화살이 되어 쏟아질 것이다. 당신이 기억조차 못하는 사람들이 말이다. 그들에게 무슨 잘못을 했나 되짚어봐도 이미 활시위는 당겨진 후다.

이런 일들은 본인뿐만 아니라, 가족까지도 힘든 상황에 몰아넣는다. 사랑하는 사람들이 나로 인해 상처받는 건 더욱 괴롭다. 게다가 이런 일이 데뷔 후가 아니라 준비 중에 일어났다면 어떻겠는가. 시작하기도 전에 꿈을 접어야 할 수도 있다.

요즘 일반인이 참여하는 프로그램들을 보면 이런 경우가 비일비재하다. 평범하게 살던 사람들이 유명세를 타면 대중은 그에 대해 궁금해하기 시작한다. 그리고 곧바로 그와 관련된 무수한 이야깃거리가 쏟아져 나온다. 과거에 어떻게 살았는지, 누구를 어떻게 만나고 다녔는지, 정치적 견해가 어떠한지, 어떤 집안의 사람인지 등 결국 그 일반인은 대중의 질타를 받고 가십의 희생양이 되어 사람들의 기억에서 사라질 때까지 고통받게 된다.

유명해지려면, 스타가 되어 사람들 앞에 서고자 한다면, 결국 이런 상황을 준비하고 있어야 한다. 배우의 꿈을 가지고 있다면 착하게 살아야 한다. Ⓚ

# ★
# 나만의 '진짜'를 만들어라

하나만 잘해서는 버티기 힘든 세상이다. 이런 점은 기성 배우도 마찬가지다. 이미 스타가 된 사람은 아무것도 안 할 거라고 생각한다면 착각이다. 그들도 매 순간 치열하게 산다. 휴식기에도 마찬가지다. 정서적으로, 혹은 연기나 커리어에 도움을 준다고 판단하면 그것이 무엇이든 열심히 배우려고 한다.

요즘은 소속사 내에 교육 시스템이 잘 되어 있는 곳들이 많다. 연기뿐 아니라 운동, 악기, 외국어 등 회사들도 배움에 많이 투자한다. '배움' 그 자체가 '투자'의 영역이 된 것이다. 그러나 안타깝게도 좋은 결과를 보여주는 이들은 드물다. 배우니까 연기 수업은 열심히 받는다. 복근 만드는 것도 당연히 여긴다. 하지만, 그 밖의 것들은 귀찮아한다. 소속사가 없고 돈이 없어 배우고 싶어도 못 배우는 이들한테는 참 부럽고 배부른 소리다.

그렇다고 나는 소속사가 없으니 아무것도 못한다는 생각도 하지 않았으면 한다. 돈이 많이 드는 걸 취미로 삼아 배우라는 게 아니다. 대단한 걸 배우라는 것 또한 아니다. 그저 '취미'를 가지라는 거다. 그 취미가 무엇이든 상관없다.

요즘 대중은 가짜로 하는 걸 싫어한다. 무조건 '진짜'를 원한다. 예를 들어 기타리스트 배역 오디션이 있다고 해보자. 연기 좋고, 외모 좋고, 그런데 딱 하나 기타를 못 친다. 만일 기타 때문에 떨어진다면? 정말 억울하다. 진짜 많이 억울하다. 이는 내가 매니저일 때 실제로 있었던 일이다. 기타를 못 치는 그 신인을 원망하는 건 아니지만, 기타를 칠 줄 알았으면 하는 아쉬움이 생길 수밖에 없다. 이후 그 영화가 엄청나게 대박이 났는데, 그때 속상했던 기분은 말로 표현 못한다. 이처럼 기회가 오더라도 조건 하나가 어긋나면 또다시 다음 기회를 기다려야만 한다.

CJ에는 다양한 채널, 다양한 프로그램이 있다. 뷰티, 패션, 요리, 자동차 등 다루는 분야도 다양하다. 하지만 담당 PD들과 이야기하다 보면 하나같이 똑같은 걸 원한다. '흉내만 내는 가짜는 싫다'는 것이다. 전문가는 아니어도 어느 정도 기본을 아는 사람을 캐스팅하는 게 방송을 풍성하게 만들기 때문이다.

'취미'의 사전적 의미는 '전문적으로 하는 것이 아니라 즐기기 위하여 하는 일, 감흥을 느끼어 마음이 당기는 멋'이다. '아름다운 대상을 감상하고 이해하는 힘'이라는 뜻도 있다. 당신의 취미는 무엇인가? 아마도 취미가 '연기'는 아닐 것이다. 그렇다면, 감흥을 느끼어 마음이 이끌리는 것이 있는가? 그리하여 아름다운 대상을 감상하고 이해하는 힘을 갖추었는가? 그 힘을 키워주는 것이 바로 '취미'다.

당신의 취미 하나가 답답했던 무명 인생을 유명 인생으로 뒤바꿀 수도 있다. 걸그룹 레인보우 지숙의 경우 아이돌 최초로 네이버 파워블로거가 됐다. 블로그 주제가 전자제품 후기나 조립 같은 내용이 대부분이었는데, 그렇게 특정 분야의 팬들과 소통하던 그녀는 덕분에 모 회사의 광고 모델로까지 발탁되었다.

본인이 가장 관심을 갖고 즐길 줄 아는 취미로 시작한 일이 수많은 아이돌 가운데 차별화되는 아이덴티티를 만든 경우다. 분명한 건 가만히 있는 것보다는 뭐든 해보는 게 무조건 좋다. 그게 뭐든 상관없으니, 본인만의 아이덴티티를 만들어라. Ⓚ

# 독립·단편영화를 무시하지 마라

대학로에서 오직 연극으로 인정받고 발탁되어 영화의 주인공으로 데뷔하거나, 독립·단편영화 몇 편으로 유명 감독의 눈에 들어 주연급 조연으로 캐스팅되는 일은 이미 먼 나라 얘기라고들 한다. 매니지먼트 시스템이 자리 잡은 요즘, 워낙 매니지먼트사에 소속된 배우들이 많다 보니 웬만한 오디션에서 작은 회사나 개인에게는 기회조차도 없다는 이유에서다.

틀린 말은 아니다. 상업영화의 주인공은 공개 오디션을 해도 회사에 소속된 배우가 대부분 발탁된다. 그만큼 매니지먼트사에서 역량 있는 신인을 찾기 위해 발 빠르게 움직인다는 뜻이기도 하고, 이미 될 친구들은 회사에서 먼저 뽑아 관리한다는 것이기도 하다. 그래서 많은 배우지망생이 어떻게든 큰 회사에 들어가려고 하는지도 모르겠다. 상업영화나 드라마로 빨리 데뷔할 기회를 얻기 위해서 말이다.

하지만 오늘도 여전히 연극이나 독립·단편영화를 통해 보석을 찾는 일은 진행 중이다. 큰 사랑을 받았던 드라마 〈미생〉이 그 대표적인 예다. 변요한, 전석호를 비롯해 〈미생〉에서 두각을 드러낸 조연 대부분은 독립영화에서 뛰어난 실력을 발휘하던 배우들이었다.

특히 영화의 경우 드라마에 비해 더욱 기회가 열려 있다. 많은 감독이 현장 출신이고 독립영화나 단편영화 작업을 했던 경험이 많기 때문에 독립영화나 극단 출신에 조금 더 호의적인 편이다. 프로필에 독립영화 필모그래피가 많으면, 드라마보다는 영화 쪽에서 아무래도 한 번 더 눈여겨보는 것 또한 사실이다. 이 말은 독립영화와 상업영화가 시장은 다르지만, 결국 함께 작업하는 사람들은 크게 다를 것이 없고 이래저래 연결되어 있다는 걸 의미한다.

요즘은 독립·단편영화를 찍을 때 배우들에게 촬영의 의무를 다하겠다는 서약서를 받기도 한다는 말을 들은 적이 있다. 보상이 적고 힘들어서 도망가는 사람도 있고, 상업영화 오디션이 있으면 촬영을 하다가도 달려가는 이들이 많아서란다.

독립영화가 어려운 건 사실이다. 하지만 상업영화에서 보조출연으로 눈에 보이지도 않을 바에는 독립영화에서 이런저런 배역을 맡아 현장에서의 경험도 늘리고 비중 있는 역할을 해보는 편이 더 낫다고 생각한다. 많은 스태프 앞에서 연기를 해보며 배우고 깨닫는 부분도 많을 것이다. 무엇보다도 그렇게 현장 경험을 하면 단순히 연기력뿐만 아니라 결국에는 사람까지도 얻을 수 있다. 촬영감독이나 제작 스태프들로부터 추천받아 캐스팅하거나, 감독이나 PD가 각종 영화제 혹은 괜찮다고 소문난 독립·단편영화를 통해 신선한 배우를 캐스팅하는 경우도 많기 때문이다. 그러니 작은 영화라고 무시하지 않기를 바란다.

큰 무대에서 서고 싶다는 간절한 바람이나 욕심은 충분히 이해한다. 그렇다면 그날을 위해 더욱더 경험을 늘리고 본인만의 경쟁력을 갖춰야 한다. '지금 내가 찍고 있는 이 영화를 누가 보기나 하겠어'라고 생각할 수도 있겠지만, 거기서 잘하는 사람은 분명 알아본다. 어쩌면 '누가 보기나 하겠어'와 같은 적당한 마음가짐이 당신을 눈에 안 띄게 하는 것일 수도 있다.

독립영화를 통해 실력을 인정받고 상업영화로 넘어오는 배우들은 일일이 언급하기 어려울 정도로 많다. 지금 참여하는 작은 영화가 당신의 인생을 바꿀 수도 있다는 생각으로 연기를 해보라. 그게 대중에게 인정받는 가장 빠른 길일 수도 있다. Ⓨ

# 시나리오에 보이지 않는 것들을 읽어라

2014년에 개봉한 영화 〈비긴 어게인〉은 좀처럼 흥행이 어려운 예술 영화인데도 불구하고 40~50대 관객까지 극장으로 끌어들이며 300만 관객을 돌파해 열풍을 일으켰다. 영화를 볼 때 그런 생각이 들었다. 만일 이 시나리오를 우리 팀이 봤다면 어땠을까?

시나리오에는 사실상 이 영화의 매력인 음악이 전혀 드러나 있지 않다. 키이라 나이틀리의 인터뷰를 보면 시나리오에는 '그리고 나서 그레타는 노래를 부른다'라고 쓰여 있고 그 외에 다른 설명은 없었다고 한다. 명성을 잃은 음반 프로듀서와 톱 가수인 남자친구를 잃은 싱어송라이터가 뉴욕에서 만나 시작하는 로맨틱 영화의 시나리오가 끌릴 만한 스토리인가? 게다가 이 영화에는 두 배우의 멜로 라인도 우정 그 이상을 넘지 않는다. 캐릭터가 임팩트 있는가? 연기의 날을 보여줄 수 있는가? 흥행성이 있어 보이는가? 새로운 시도나 관객에게 공감을 끌어낼 코드가 있는가?

이 영화의 시나리오에는 위 조건들을 충족시킬 만한 답이 담겨 있지 않아 보인다. 물론 감독의 전작이 〈원스〉라는 훌륭한 영화이기는 하지만, 어쩌면 그게 캐스팅의 해답일 수도 있지만, 우리나라였다면 이름 있는 배우들을 캐스팅하기 정말 어려웠을 것이다. 시나리오에 모든 게 있다고는 하지만, 때론 시나리오에서는 보이지 않다가 나중에 보석처럼 나타날 때가 있는데 〈비긴 어게인〉이 그런 경우인 것 같다.

시나리오에는 안 보이는 게 더 많다. 배우나 업계 관계자라면 시나리오를 볼 때 더욱더 꼼꼼히 봐야 하는 이유이기도 하다. 그 보이지 않는 무언가를 끄집어내서 눈과 귀로 보이고 들릴 수 있게 만들고, 그 섬세하고 미묘한 부분까지 포착해 적절한 단어로 표현하려면 상상력만이 아니라 평소의 경험과 센스가 필요하다.

시나리오를 볼 때 또 한 가지 유념할 것은 본인 캐릭터에만 집중한 나머지 작품의 전체적인 메시지를 놓치면 안 된다는 거다. 자신이 어떻게 돋보일지만 관심을 두면, 연기의 합이나 전체적인 어울림을 고려하지 않게 된다. 이렇게 작품의 퀄리티나 만듦새를 2순위로 보면 분명 오류가 생긴다. 적지 않은 배우들이 잘 안 됐던 작품을 말할 때 "나는 괜찮았는데 감독이나 작품 때문"이라고 한탄한다. 하지만 실상은 본인의 비중과 역할만 보다가 작품 전체를 놓친 경우일 때가 많다.

우리가 기억하는 배우들의 명연기는 대부분 좋은 작품에서 빛을 발한다. 우선 전체를 봐라. 배우의 눈으로 시나리오를 보지 말고 관객의 입장에서 보는 것도 방법일 것이다. ⓥ

# ★
# 한 마리 토끼만 잡아라

연극영화과 재학생이 내게 이런 고민을 털어놓은 적이 있다. 학교에서 배우는 게 이론 중심이다 보니 당장 연기에 도움이 되거나 현장에서 쓰기 어렵단다. 그래서 학교보다는 연기학원이나 영어학원, 댄스학원 위주로 스케줄을 짜고 남은 시간에 학교 수업을 넣으려니 전공 수업을 못 들을 것 같고, 반대로 학교 수업 위주로 생활하려고 보니 실력도 못 쌓고 소속사 찾을 준비도 못 하게 될까 봐 걱정이라는 거다.

뭐라고 말해줘야 할지 고민했다. 내가 연영과 출신도 아니고, 당장 이걸 해라 마라 말할 수도 없었기 때문이다. 하지만 한 가지는 분명히 말해주고 싶은 게 있었다. 한 번에 너무 많은 걸 하지 말라고, 한 가지씩 시작하라고 말이다.

내 대학 생활을 돌아봐도 비슷했다. 복학 후 학교 수업을 들을 때면, 당장 아무 도움도 안 되는 수업에 시간 낭비를 하는 것 같아 딴생각을 하고, 토익 점수를 따려고 도서관에 앉아 있다가도 인턴 경력이나 자격증을 하나라도 더 준비해야 할 것 같다는 불안감에 여기저기 기웃거리고,

그러다가 또 시험 때가 되면 벼락치기로 학과 점수를 따기 위해 노력했다. 한 가지에 오롯이 집중하지 못하는 불안한 생활 패턴의 연속이었다. 당장 눈앞에 보이는 결과물도 없고, 그저 남들 다 하는 걸 하나씩 따라가고자 안간힘을 썼다. 좋은 스펙을 쌓은 친구들을 부러워하며 마음 졸이고 조급해하기도 했다. 그리고 새해가 되면 또 여러 가지 목표를 세웠다. 영어, 자격증, 운동, 연애 등 무엇 하나 확실히 잡지 못하면서 여러 토끼를 잡기 위해 뛰어다녔다.

문제의 원인은 두 가지였다. 내게 충분한 시간이 있었음에도 시간이 얼마 남지 않았다고 생각한 것, 또 하나는 짧은 시간에 너무 많은 욕심을 부렸다는 것이다. 그러다 보니 정작 따져보면 그 해를 대표할 만한 무언가를 한 기억이 없었다. 만일 한 해에 한 가지씩만 기억에 남을 일을 했다면 어땠을까.

한번은 꽤 잘나가는 매니지먼트 대표가 정말 죽이는 신인을 찾았다고 한 적이 있다. 대표 자신이 몹시 피곤한 때였는데도, 그 배우가 출연한 단편영화와 독립영화를 보고 당장 다음 날 만났다고 했다. 내게 사진을 보여주며 이런 설명도 덧붙였다.

"이 친구가 1년에 단편영화를 30편 찍은 괴물이에요."

그 말을 듣고 나 역시도 바로 그에게 관심을 갖기 시작했다. 그 괴물 같은 배우가 바로 변요한이다.

하나씩 집중해보자. 가장 중요하다고 생각하는 것부터 집중하는 거다. 연기가 부족하다고 생각하면 우선 연기 연습만 죽어라 하자. 외모가 부족하다면 외모 가꾸기만 죽어라 해보자. 영어 점수? 당장 없어도 된다.

춤? 못 춘다고 오디션에서 불리할까? 그러니 하나씩 차근차근 해보자. 해야 할 것 같은 일들을 과감히 없애고 기억에 남을 한 가지에 집중하자. 그러면 지금 당장 할 일이 무엇인지 명쾌한 답이 나올 것이다.

왜냐하면 당신에게는 충분한 시간이 있기 때문이다. 한 가지를 꾸준히 실천해서 결과물을 내본 사람은 '자신감'이라는 걸 얻게 된다. 그 자신감은 당신을 무한한 가능성으로 이끌어줄 것이다. 그러니 짧은 기간이라도 목표를 세우고 이뤄 성취감을 얻는 게 중요하다. ⓥ

# 스크린과 TV 밖으로 눈을 돌려라

불과 1~2년 전까지만 해도 A급 배우 매니저에게 tvN 드라마를 제안하면 "케이블 드라마는 안 해요. 저한테 왜 이러세요"라는 대답이 돌아오곤 했다. 생각해보면 짧은 기간 동안 인식이 많이 바뀌었다. 이는 케이블 드라마에 국한한 이야기가 아니다.

최근에 캐스팅을 진행했던 작품 중에는 SNS 드라마가 있었다. 한 회가 5분에서 10분 남짓으로 짧지만 임팩트 있는 스토리에 광고처럼 눈길을 끄는 영상기법으로 SNS에서 화제가 될 수 있도록 기획한 작품이었다. 특히 SNS 특성상 국경을 넘어 타게팅할 수 있다는 점도 흥미로웠다. 그러나 새로운 시도인 데다 기존 성공사례가 없었기에 이름 있는 배우들이 함께하기는 어려워서 모델 출신 신인들을 캐스팅했다.

위의 사례를 달리 이해하면 새로운 매체는 신인 배우에게 기회가 될 수 있다는 걸 말해준다. CJ만 해도 이미 디지털과 글로벌 콘텐츠로 눈길을 돌리고 박차를 가하고 있다. 그중에서도 CJ 디지털 스튜디오에서 제작할 디지털 콘텐츠는 새로운 포맷과 셀러브리티들을 인큐베이팅할 수 있는 꽤 괜찮은 방식이다. 그 밖에도 조만간 새로운 프로젝트들이 쏟아져 나올 것이며 그에 비례해서 새로운 캐스팅 수요도 생길 수밖에 없다.

**변화하는 미디어의 흐름에 주목해야 한다.** 세상은 빨리 변하고 미디어 시장은 더욱 빨리 변한다. '영화〉공중파〉케이블' 그리고 '미니시리즈〉주말드라마〉일일드라마'와 같은 기존의 프레임에 갇힌 공식에서 벗어나 새로운 시도에 눈뜰 필요가 있다.

우리가 매일 페이스북으로 보게 되는 수많은 짧은 영상 클립들에서도 실마리는 보인다. 더 이상 극장과 안방극장만이 연기의 주 무대는 아니다. 버스정류장에서, 화장실에서 혹은 쉬는 시간에 짬을 내어 소비하는 영상들이 넘쳐난다. 앞으로 그 자리에 광고와 드라마가 결합된 새로운 콘텐츠들이 나타날 것이다. 그런 영상 콘텐츠는 CJ와 같은 회사나 제품 브랜드에서, 배우나 감독 혹은 일반인도 직접 만들 수 있다. 그만큼 기존의 장벽들이 허물어지고 있는 것이다.

새로운 도전에 주저하지 않기를 바란다. 기회가 없다고 생각하지 말고 기회를 만들어보면 어떨까? 왜 수많은 배우지망생들은 본인이 잘 나온 사진은 SNS에 올리면서, 연기를 하거나 직접 만든 영상은 올리지 않는 것일까? 왜 유튜브에는 일반인의 소름 돋는 라이브는 있는데 연기하는 영상은 없을까? 그런 영상 덕분에 캐스팅 기회가 생길 수도 있지 않을까? 물론 본인의 연기를 찍어 올리는 게 민망할 수도 있겠지만, 대중에게 알려지고 싶은 게 욕심이라면 충분히 시도해볼 만하다.

영화 〈국제시장〉에서 황정민의 막내 동생 역할을 맡아 천만 관객을 울린 배우 최 스텔라 김을 기억하는가? 드문 경우이기는 하지만 유튜브

영상을 통해서 오디션 기회를 얻고 캐스팅 기회를 얻었다는 후문이다.

점점 기존 공식들이 사라지고 있다. 그리고 정답 또한 없다. 누군가 용기 있게 한발 앞서 나서면 생각하지 못했던 걸 가져갈 수 있다. 그러니 선배들의 틀에 박힌 이야기만 따르지 않아도 된다. 본인이 가장 잘할 수 있고, 가장 잘 어필할 수 있는 방법을 짜보기 바란다. 새로운 미디어, 새로운 플랫폼, 당신이 다음 주인공일 수도 있다. ⓥ

Interview

# 배우 조성하

## 당신이 내 딸이라면 해주고 싶은 말

그릇의 크기가 중요한 건 아니에요. 그릇이 크면 많이 담을 수 있어서 행복하겠지만, 작아도 자기가 배우라는 이름으로 사는 동안 배우로서 가장 행복한 거고요. 이거 하나를 먼저 결정했으면 좋겠어요. 나는 앞으로 스타로 살지 아니면 배우로 살지. 이걸 결정하면 어떤 순간이 와도 흔들리지 않아요. 스타로 살겠다면 스타가 안 되면 그만둘 거고, 배우로 살겠다면 10원을 벌든 100원을 벌든 배우로 살 거예요. 옛말에 큰 기회가 세 번 온다 그런 얘기를 하잖아요? 그런데 어느 게 큰 기회인지 알 수가 없어요. 늘 기회가 오는데, 누구나 알다시피 노력하는 자가 잡을 수 있어요. 좀 긍정적으로 생각하고 열심히 하다 보면, 24시간을 알차게 쓰면 누구든 할 수 있어요. 대한민국에서 재주도 없고, 잘생기지도 않고, 똑똑하지도 않고, 배경도 별거 없는 조성하라는 배우도 나름대로 쓰임새 있는 사람으로 불려다니고 있습니다.

## 끝까지 가보지 않으면 모르는 것

〈황진이〉가 2006년, 거의 10년 전이네요. 데뷔가 워낙 늦었죠, 결국 노력밖에 없는 것 같아요. 얼마 전에 돌아가신 은사님이 그런 말을 하셨어요. "뭐든지 해봐라, 해서 끝까지 가봐라. 끝까지 가봐야 거기서 뭐가 나오는지 안다." 가보지도 않고 이건 뭐일 거야 저건 뭐일 거야 하면, 물론 그것도 자기 삶이지만, 진한 건 못 느끼는 거죠. 모로 가도 서울만 가도 된다고, 고속도로 타면 서울에 금방 가요. 시속 80킬로미터를 밟아도 금방 가는데 국도 타고 다니면서 다 쑤시고 다니는 거죠. 저 사람은 참 깊이감이 있다, 이런 표현을 들을 수는 있을지는 몰라도 시간은 오래 걸립니다. 그래서 또 각자 경쟁력이 생기기는 하지만요.

## 가장 힘든 건 꿈을 정리하는 일

처음엔 나 자신 때문에 힘들어요. 알게 모르게 늘 비교 대상이 있거든요. '난 쟤보다 잘될 수 있는데, 난 쟤보다 연기를 더 잘하는데.' 그러다가 TV나 영화를 보면 '아 저걸 왜 저렇게 하지?' (웃음) 그럴 때거든요. 머리는 엄청 커 있는데, 몸은 안 따라주니까 뒤뚱거릴 수밖에 없는, 그런 시절인 거죠. 꿈을 정리하는 게 제일 힘든 것 같아요. 일단 꿈을 다 버려야 돼요. 김수현이라는 배우부터 맷 데이먼이란 배우까지, 한국에서 태평양까지 건너가는 꿈이 있지요. 그 많은 꿈들을 다 어떻게 이룰 것인가, 당연히 불가능하거든요.

배우는 현실적인 꿈을 꾸기에는 부적절한 직업이죠. 저도 누군가에게 현실적으로 꿈을 설계할 줄 아는 기술을 배웠다면 조금 더 일찍 세상을 보는 눈이 달라지지 않았을까 싶어요. 연기자도 현실적인 감각을 깨우칠 필요가 있어요. 방향 설정도 해야 하고, 어떻게 계단을 밟아서 골인을 시킬 것인지 구체적인 안을 자꾸 짜봐야죠. 그러려면 많은 연구가 필요해요. 여러 롤모델을 정해놓고, 그들이 어떻게 걸어갔는지 논문이나 리포트를 쓰듯이 정리해서 기록해보세요. 그중 공통 분모를 찾아서 그걸 나한테 어떻게 대입할 것인지 생각해보고, 그림이 나온다 싶으면 A안, B안, C안을 걸어놓고 구체적인 연 매출을 따져보는 거죠. (웃음) 젊은 사람들은 경험치가 부족하기 때문에 자기가 원하는 어떤 배우의 모습으로 다가가기까지 계속해서 학습하고 더 개발할 필요가 있어요.

배우의 길을 가려고 하는 딸에게도 항상 얘기해요. 선천적으로 타고나는 게 좋은 것이냐 후천적으로 노력하는 게 좋은 것이냐. 명확한 답은 없어요. 인간의 능력은 거의 비슷하기 때문에 처음엔 조금 두각을 드러낼지 몰라도 그것으로 끝까지 가는 건 아니에요. 노력해야 하는 거죠. 주어진 것은 우리 모두에게 똑같이 24시간뿐이고, 그 시간을 누가 더 집중하느냐에 승부가 달려 있어요. 뭐든 핵심만 뽑아서 족집게 과외를 하듯 그것만 해서 올라가는 사람도 있을 거예요. 그렇지 않고 모든 걸 자기 몸으로 겪고 '아, 이거구나' 생각하며 진도를 밟아가는 사람도 있을 거고요. 저 같은 케이스, 시간이 오래 걸려요. (웃음)

### 진심으로 축하할 줄 아는 것

참 쉬운 일은 아닌데 후배들에게 이 얘기는 꼭 해주고 싶어요. 나랑 함께 출발하는 동기, 선후배들이 있을 거예요. 그들이 나보다 잘될 때 먼저 손을 내밀어서 축하한다고 꼭 얘기하세요. 보통은 내 주변 사람이 잘되면 축하한다는 얘기를 안 해요. 배가 아프니까. 그리고 왠지 내가 기가 죽는 느낌이 들고. 그러지 말고, 진심을 담아서 축하한다고 전화하세요. 나중에 다 돌아옵니다. 내가 잘됐을 때 그들이 다 함께 기뻐해주죠.

내가 안 하면, 그 사람도 먼저 전화를 안 해요. 길에서 만나도 도움이 안 되고, 현장에서 만나도 도움이 안 되죠. 그런데 미리 축하한다고 진심을 담아 전화해두면 언제 어디서 만나도 나에게 힘이 돼요. 축하할 일에는 멋지게 축하해주고, 잘못했을 땐 잘못했다고 딱 인정을 해야 뒤끝도 없고 사람이 멋있어 보여요. 그걸 못하는 인성으로는 아무것도 할 수 없어요.


## 내가 가고자 하는 길이 즐겁고 행복해야 한다

경험하고 고생을 하는 것도 중요하지만 그것을 지혜롭게 이겨내는 것, 막노동을 해도 생각을 주도하는 방법 같은 것들을 배워가는 게 더 중요해요. 자기가 주관할 줄 알아야 어느 순간 어디에 있더라도 치고 올라올 수 있지요. 무엇보다 중요한 건 내가 있는 자리에서 내가 가고자 하는 길이 늘 즐겁고 행복해야 한다는 겁니다. 돈이 없어도 지금 만나고 있는 사람과 행복해야 이 시간이 아깝지 않은 것이고, 힘겹게 공연을 해도 내가 무대에 설 때 무한한 행복감이 있어야 그 시간을 견딜 에너지가 생깁니다. 행복하지 않다면 하지 말아야죠. 옆에 있는 친구 하나하나가 감사하고, 즐거움으로 다가오고, 또 만나고 싶고, 해가 지는 게 너무 아쉽고, 새벽까지 함께 있어도 해가 뜨는 게 너무 안타깝고 그 시간 안에서 시간을 천 배 만 배 행복하게 꾸며가는 것. 그건 내 가슴속의 만족감, 즐거움, 행복감이 있어야 가능한 거예요. 그 시간을 즐기는 거죠.

## 제일 위험한 것은 습관

경험을 하는 것도 중요하죠. 택시 운전을 하면서도 힘들다고 생각하면 천근만근 힘들어지고. 뭔가 의미를 찾는다면 더 행복해질 수 있어요. 경험하지 않았으면 책에서 찾아도 없습니다. 모른다고 어디 물어보지도 못하고요. 많은 것들을 접해온 경험, 그게 배우로서 제일 큰 자산이 아닌가 싶어요. 반면에 경험을 위한 경험은 무의미할 수도 있어요. 삶이라는 과정 속에 내가 들어가서, 고통스러울 때 고통을 느끼고 웃음이 나올 때 웃던 순간들이 있었으니까 그게 자연스럽게 한 사람의 삶으로 드러나는 거지, 경험을 위한 경험을 한다면 그건 단순히 기술적인 게 되겠죠. 배우지망생 여러분들이 어디 가서 뭘 하든 매뉴얼대로만 한다면 의미가 없다는 걸 말해주고 싶어요. 왜 그게 필요한지 항상 생각하고 몸이 가야 되는 겁니다. 그러지 않으면 습관이 돼 버리니까. 연기에서 제일 위험한 게 습관처럼 하는 거거든요. 우리 인생도 그렇고요.

## 연기의 기본은 사람을 사랑할 줄 아는 마음

연기는 호흡이 중요해요. 너무 완벽히 준비해오면 오히려 상대 배우와 호흡이 안 맞아요. 상대 배우의 연기를 보고, 내 연기를 같이 다듬어야 되거든요. 그래서 서로 맞춰야 되는데, 너무 완벽하게 준비해오면 그건 상대보고 맞추라는 얘기밖에 안 되잖아요. 그건 연기가 아니죠. 혼자 내레이션하는 거랑 다름없잖아요. 유기적인 호흡이 중요합니다. 그래서 상대 배우와의 감정을 100%, 200% 뽑아내는 게 관건이죠. 중요한 건 신선도예요. 배우가 연기의 신선도를 유지한다는 건, 미리 혼자 깎아놓지 말라는 뜻입니다. 사과를 미리 깎아놓으면 갈색으로 변하잖아요. 혼자 다 깎아놓으니 신선도가 떨어지죠. 사과는 사람이 오면 깎는 거죠. 연기도 마찬가지고.

가끔 그런 배우들도 있습니다, 남을 이기려고 연기하는 배우들. 화면이 됐든 뭐가 됐든 자기만 보여야 하고. 보면 연기를 너무 잘합니다. 그냥 혼자 있는 거죠. 그래서 늘 변화가 없어요. 그것처럼 허무한 게 어디 있을까요. 그런데 저는 다행히 제가 안 보여도 좋아요. '진짜 좋은 작품 봤다' 이 얘기 들을 때가 제일 행복하거든요. '야, 진짜 작품 좋다.' 이 얘기 하나면 내가 배우로서의 소임을 다했구나 하는 거죠. 일단 작품의 완성도가 높아야 또 보고 싶지, 배우가 자꾸 원맨쇼 하듯이 자기만 잘하는 건 또 보고 싶지 않아요. 배우로서 가장 경계할 일이죠.

저는 연기의 기본기를 처음에 잘못 배운 것 같아요. 발성 배우고 신체훈련 배우고 그런 것들만 했어요. 하지만 지금은 후배들한테, 그런 기능적인 것도 중요하지만 옆에 있는 사람들을 사랑할 줄 아는 것에 대해 공부하라고 말해주고 싶어요. 사랑하고 존중하고 배려하지 못하는 사람들은 연기를 할 수 없다고요. 가장 우선하는, 가장 기본이 되는 공부가 사람을 사랑하는 겁니다. 우리가 살아가는 이유도 사랑하는 사람들을 위한 것이죠. 그리고 사랑을 나누는 것에 대해 배워야 해요. 테크닉은 언제든 배울 수 있어요. 액션이 필요하면 하드 트레이닝하면 되죠. 그런 것들은 중요하지 않아요. 상대와 교감하는 거, 그게 중요하죠.

### 후배들에게 하고 싶은 한마디

우리가 태교를 하는 것처럼 십 대 이십 대 때 연기를 처음 시작하면서 좋은 배우를 보고 자꾸 벤치마킹하는 것, 롤모델 삼는 것 이런 것들은 굉장히 큰 도움이 될 거예요. 이왕이면 한 번이라도 더 좋은 작품을 보라고 말하고 싶어요. 그래야 내가 어떤 순간이 와서 작품을 선택할 때 좋은 작품이란 걸 감각적으로 알 수 있죠. 좋은 작품을 많이 하는 배우는 결국 좋은 배우라는 소리를 듣게 되어 있어요. 어떨 때는 돈을 따라갈 때도 있겠지만, 항상 그런 기준점을 가지고 있으면 많은 사람들에게 비난받지는 않겠죠. 배우는 좋은 작품 좋은 배우 만나면 신나는 거니까요. 전 〈파수꾼〉도 했고, 〈저수지에서 건진 치타〉 등 저예산 독립영화를 많이 했는데요. 이 작품 괜찮다, 돈을 안 받고라도 하자, 라는 마음이 들면 했어요. 1년에 100만 원도 못 벌면서 했지만 그래도 좋은 작품이라고 내가 믿고 선택하고 했기 때문에 오늘 같은 날이 있는 거죠. 배우로서 그런 욕심을 낸다면 더 좋겠죠. 물론 요즘은 돈 되면 다 합니다. (웃음)

청춘에게 지금이 최고의 시간이다!!

Interview

# 영화감독 김지훈

타워(2012)
코리아(제작/2012)
7광구(2011)
화려한 휴가(2007)
목포는 항구다(2004)
온실(1997)

## '배우'는 마음으로 생각하는 사람

지망생들에게 왜 배우가 되고 싶으냐고 물어보면 "연기할 때 가장 행복해요"라고 말해요. 그러면 "네가 언제 연기를 해봤니?"라고 물어요. 사실 그 친구들은 연기를 해본 적이 거의 없어요. 워크숍을 했거나 학교 서클에서 공연을 했거나 심지어는 교회, 초등학교나 유치원 학예회에서 발표한 정도가 다예요. 연기라는 건 연기자의 것이 아니라 보는 사람의 것이기 때문에, 보이지 않는 연기는 연기가 아니라고 생각해요. 냉정하게 보면 그들은 연기한 적이 없는 거죠. 연기하는 게 행복하다고 말한다면 사실 그들은 행복한 적이 없었던 거죠. 연기를 하면 행복하겠다고 생각했던 것뿐이에요. 연출자가 연출을 하지 않았는데 "연출할 때 가장 행복해요"라고 할 수 없는 것처럼요. 본인이 행복하려는 것은 일차원적이에요. 가치는 나눌 때 비로소 발생하는 거니까요. 연기를 하는 이유는 내가 행복해지려는 것이 아니라, 타인을 행복하게 하는 것이죠.

### 어떤 배우가 좋은 배우인가

"감독은 동사로 말하고, 배우는 형용사로 반응한다"는 말이 있습니다. 제가 좋아하는 표현인데요. "비웃어봐." "슬퍼해." "눈물 흘려." 이런 것은 동사잖아요. 동사와 형용사의 간극이 있어요. 그런 감정의 간극을 누가 줄이느냐 하는 건데, 그 미세한 차이는 표현하는 사람에 달린 거죠. 배우가 가진 스펙트럼, 많은 경험과 삶의 태도에 대한 경험치를 가지고 접근해야 합니다.

물론 타고난 사람도 있겠죠, 미세한 근육의 움직임이나 눈빛의 표현이나 목소리의 톤을 자유자재로 바꿔서 쓰는 것들. "이렇게 해봐!" 하는 것이 말은 쉽지만, 그 간극을 표현하려는 사람에게는 어려운 문제거든요. 그 간극을 표현하려는 배우의 엄청난 노력과 열정, 텍스트 분석을 통해 삶의 태도와 세상에 대한 창을 어떻게 열어놓느냐에 따라서 후천적으로 드러나는 게 아닐까 싶습니다.

### 배우에게 꼭 필요한 소양이 있다면

배우에게 필요한 것을 저는 네 가지로 말하고 싶어요. 기본적으로 매력이 있어야겠죠. 인문적인 소양도 중요합니다. 그리고 자기 자신을 스스로 칭찬할 거리가 있어야 해요. 마지막으로, '나는 누구인가'라는 질문에 답할 수 있어야 한다고 생각합니다.

### 매력은 그 사람의 공감 능력에서 온다

배우가 자신의 매력을 발견하고, 그 매력을 어떤 역할에 어떻게 쓸 것인지 결정하는 것은 중요한 일입니다. 왜 TV 스타들을 안방스타라고 하는 줄 아세요? 아주 편안한 내 안방에 초대하고 싶은 사람이 안방스타입니다. 저는 신인 배우들에게 '술자리를 함께하고 싶은 사람이 되라'는 얘기를 많이 합니다. 함께 있고 싶은 매력적인 사람이 되라는 거죠.

이렇게 매력이 중요하다고 해서 '내일부터 매력을 가져야지' 한다고 되는 것은 아니에요. 책 읽고 공부해서 노력해서 되는 것 또한 아니죠. 그건 금방 탄로 나요. 그런 건 가식으로 비칠 수 있지요. 성찰과 오랜 시간 자신을 탐구하는 것이 필요해요. 톱 배우가 된 분들 보면, 자기만의 독특한 매력으로 스타트한 사람들도 있지만, 아주 오랫동안 매력을 찾는 과정을 통해서 대기만성으로 늦게 발견한 분도 있어요.

배우에 뜻이 있다면 단시간에 매력을 찾으려고 해서는 안 돼요. 평생 가져가야 할 일인데 얼마나 소중해요. 거기에 가치를 부여해야 합니다. 아주 오랜 시간이 걸리지 않을까 생각해요. 운동처럼, 운동은 하루아침에 효과가 있고 그렇지 않잖아요.

매력은 그 사람의 공감 능력에서 오는 게 아닐까 감독으로서 연출자로 생각합니다. 제가 보기에 배우는 마음으로 생각하는 사람인 것 같아요. 감정을 다루는데, 그 감정에는 스펙트럼이 있잖아요. 에스키모인은 눈의 색깔을 50가지 정도로 구분할 수 있다고 해요. 그런 것처럼 배우들은 슬픔의 단계가 1단계부터 쭉 있는 거죠. 가수로 치면 7옥타브 올라간다고 하는 것처럼 어떤 배우는 슬픔이 10단계까지 있는 사람도 있을 것이고 더 많은 단계가 있는 사람도 있죠. 이런 스펙트럼이 넓을수록 공감 능력이 뛰어나요. 공감 능력이 뛰어난 사람이 결국 매력 있는 사람이고, 표현능력이 뛰어나다는 뜻이니까요. 음악의 장르가 다양하고 영화의 장르가 다양한 것처럼 매력도 마찬가지죠. 공감능력과 배우라는 직업에 대한 소명의식, 자기만의 가치관을 가진다면 매력은 자연스럽게 따라오지 않을까 생각해요.

매력이라는 것은 특별한 정의나 형식이 있는 것이 아니라 각자 다른 기준과 경험에 따라서 판단하고 발견하는 것인데요. 배우라는 직업에 대해 가치를 잃지 않고 소명의식을 갖고 한발씩 내딛다 보면 발견할 수 있는 거죠. 배우의 길에는 승자와 패자가 있는 것이 아니라 오케스트라처럼 각자 제 매력을 발산하여 조화를 이루는 거니까요. 감독은 지휘자 역할을 하고, 멀리 심벌즈를 치는 사람도 놀고 있는 것이 아니라 계속 경청하고 리듬을 타고 조화를 이루며 따라가는 거죠. 그만의 매력을 가진 거예요.

### 오디션 기준은 '같이 하면 재미있을 것 같은 배우'

누군가는 오디션에 임할 때, 적장의 목을 베는 마음으로 한다고 했어요. 배우에게는 인생의 터닝포인트가 될 수 있으니까요. 그만큼 오디션이 중요하죠. 오디션에서 한 사람당 5분, 10분 보게 되는데, 연기를 잘하는 배우를 뽑기보다는 태도, 이 사람이랑 작업하면 재미있겠다 싶은 이들을 선택해요. 그것이 제가 생각하는 포인트죠. 많은 분들이 연기를 잘하는 배우를 선택할 거라고 생각하겠지만, 연기를 잘하는 후보군은 많아요.

대부분의 감독이 캐스팅된 후보군에 대해서 저 친구는 어떠냐고 물어봐요. 그 배우가 연기를 잘하느냐는 질문도 포함돼 있지만, 느낌, 매력을 물어보는 거예요. 물론 연기도 보지만, 캐스팅 담당자로서 보면, 감각적인 부분이나 공감하는 능력이 뛰어날 것 같은 배우를 찾죠. 연기 잘하는 사람은 후보군에서 두 번째가 될 수도 있고, 같이 하면 재미있을 것 같다는 게 어찌 보면 첫째이기도 해요. 현장에서 감독, 스태프, 다른 배우들과의 합을 이룰 수 있는가가 중요해요.

### 타자와 세상에 대한 관심, 인문소양

오디션을 볼 때 "세조는 누구입니까?" "담뱃값 인상에 대해서 어떻게 생각하십니까?" 이런 것들을 종종 물어봐요. 역사와 사회에 대한 지식이나 그 사람이 지금 고민하고 있는, 그 사람이 속해 있는, 하다못해 친구들과 이야기하는 공간에서의 상식을 물어봅니다. 배우는 감정뿐만 아니라 자신이 속한 사회를 표현하기도 해요. 그렇기 때문에 연기만 잘하는 것이 아니라 세상을 알아야 한다고 봐요. 타자에 대한 관심, 세상에 대한 관심이 바로 공감능력으로 이어지니까요.

신인 배우나 지망생이 연기를 잘하는 것도 중요하지만, 연기는 평생 해야 하는 거니까 무엇을 고민하고 생각하는가도 중요해요. 어쨌든 사회인이잖아요. 이렇게 여러 가지 생각을 공유하고, 생각의 균형을 맞추는 데에 가장 좋은 것은 독서죠. 그래서 책을 많이 읽으라고 말해요.

### 스스로 칭찬할 수 있는 뭔가를 만들어라

"10년 동안 꾸준히 한 것이 있냐? 아니면 5년 동안, 아니면 2년 동안?"이라고 물어보면 대체로 술, 담배, 주색잡기 같은 것들을 답하더라고요. (웃음) 남 보기에 유해한 거 말고는 거의 없어요, 대부분. 그래서 저는 제 얘기를 해요.

"이 업종이 우울증에 잘 빠집니다, 저도 겪어봤지요. 한번은 너무 심하게 왔어요. 아주 어두워지고, 주변 사람도 도움이 안 되더라고요. 그때 스스로 일으키는 힘이 생기더라고요. 나의 마음에 의지 하나, 그 씨앗 하나가 말이죠. 갑자기 나 자신에게 질문을 했어요. '지훈아, 힘든데, 너 스스로에게 칭찬할 만한 것이 있지 않을까?' 근데, 하나도 없는 거예요. 계속 생각을 해봤죠. 그랬더니 10년 동안 제가 꾸준히 한 게 있더라고요. 반신욕이었어요. 열대 지역에 촬영을 가도, 지방 모텔에 가도 10년 동안 매일, 불가피한 상황이 아니면 반신욕을 했어요. 처음 반신욕을 한 이유는 책을 읽을 시간이 없어서였는데, 하루 30분씩 반신욕을 하니까 건강해지고 꾸준히 책도 읽을 수 있어서 아주 좋았어요. 그렇게 10년 동안 많은 책을 읽은 것 같아요, 생각해보면 저도 한 게 있더라고요. 자신을 칭찬하거나 자신을 다시 일으켜 세울 때의 작은 자신감, 그 동기가 연기를 할 때도 도움이 될 거예요. 그러니 스스로를 칭찬할 수 있는 뭔가를 지금부터 만들어보세요. 장기적으로 자신을 칭찬할 수 있는 근거를 만드는 거죠."

신인 배우들은 자기 칭찬에 굉장히 인색해요. 감정도 많이 다치고 절망하고 지치고, 끝이 안 보이고 하니까 로또처럼 한 방을 노리기도 하죠. 하지만 신인 때부터 스스로 칭찬하고 희망의 메타포를 품으면 남다른 배우가 되겠죠.

배우지망생들과 워크숍을 할 때 '나는 누구인가'라는 질문을 놓고 이야기하는 시간을 꼭 갖습니다. 쉽게 답할 수 있을 것 같지만 말하려고 하는 순간 굉장히 어려워져요. 자기를 평가하는 것은 어려운 일이잖아요. 자신에게 엄격한 잣대를 들이대게 되고, 장점보다는 단점이 더 많이 보이고 말이지요. 누구든 열등감, 트라우마, 모순 덩어리들을 지니고 있는 것 같아요. 그래서 내가 아닌 나를 표현하거나 내가 아닌 나를 이야기하거나 내가 아닌 나를 가지고 관계를 맺는 경우도 많죠. '나는 누구인가'라는 질문을 통해서 좀 더 솔직해지고 편안해졌으면 해요. 배우는 자연스러워야 하니까요. 내가 누군지 알아야 가식을 버리고 자연스러워질 수 있거든요. 내가 누구인가 고민하고 나면 배우로서 뿐만 아니라, 한 사람으로서 성장하게 되었다는 걸 알게 될 거예요. 여러분도 '나는 누구인가'라는 질문에 솔직하게 답할 수 있는 배우가 되기를 바랄게요.

마음으로 생각 하세요!
행복한 배우가 되시길
기도 합게요
김지훈 드림.

# ★ 소속사, 어떻게 선택할까

배우지망생이나 신인 배우라면 사실 어느 회사에서든 러브콜을 받는 것만으로도 감사한 일이라고 생각할 것이다. 하지만 첫 단추를 어떻게 끼우느냐에 따라 적어도 5년, 더 나아가 배우로서의 운명이 달라지기도 한다.

소속사를 선택할 때는 단순히 회사의 규모나 유명세만 봐서는 안 된다. 물론 큰 회사일수록 시스템이 잘 갖춰져 있는 것은 사실이지만, 그보다도 중요한 것들이 있다. 소속사를 선택하기 전에 꼭 한번 생각해봐야 할 부분들을 짚어보았다. 아래 리스트는 배우들이 소속사를 옮기거나 정할 때 고려하는 요소들이니 참고하면 좋겠다.

-소속사 대표의 마인드와 철학
-함께 일하는 매니저들의 성향이나 성실성
-배우 관리에 강한가, 신인 발굴과 육성에 강한가
-작품을 선정할 때 어떤 점을 중시하는가

-출연 결정은 누구와 어떻게 하는가

-리스크 관리는 어떻게 하는가

-소속된 기존 배우와 신인 배우의 비중은 어떠한가

-본인의 이미지와 겹치는 배우는 없는가

-PR/마케팅 역량은 어떠한가

이 밖에도 회사와 계약한 후 실제로 벌어질 일들에 대해 미리 고려해 봐야 한다. 즉, 각 회사의 장단점을 파악하고 있으라는 의미다. 이런 것들을 미리 염두에 두면 회사를 다양한 시각으로 보고 결정할 수 있다.

소속사에 대해 조언을 구할 때 가장 많이 묻는 게 "큰 회사가 좋아요, 작은 회사가 좋아요?"라는 질문이다. 큰 회사는 이점이 많기는 하다. 시스템도 잘 갖춰져 있고, 유명 배우들이 있는 만큼 시나리오도 많이 들어온다. 대표의 인맥이나 회사 이름값으로 감독이나 주요 제작진들과 직접 소통하면서 일을 추진하는 경우도 있어서 자연스럽게 신인 배우를 소개할 자리가 많기도 하다. 큰 회사에서 키우는 신인이라고 하면 왠지 남다른 매력이 있을 것 같은 기대감이 드는 것도 사실이다. 최근에 주목받는 신인 배우들을 봐도 큰 회사에 소속된 경우가 많았다. 아무래도 작은 회사보다 기회를 더 많이 얻을 수 있다는 건 분명하다.

반면 작은 회사는 배우에 대한 집중도와 적극적인 의지가 장점이다. 배우가 적다 보니 배우의 일거수일투족을 회사에서 관리해주고 기사 하나라도 더욱 신경 써서 나가게 한다. 배우와 직접 기획하고 빠르게 실행해서 남들보다 기회를 선점할 수도 있다. 배우와 매니저가 마음만 잘 맞는다면 영업도 같이 다니거나 형식에 얽매이지 않고 여러 가지 시도를 해볼 수 있고, 충분히 대화하고 교감하기 때문에 큰 회사보다 집중적인 관리를 받을 수 있다.

나는 소속사의 규모보다 더 중요한 게 있다고 생각한다. 바로 회사와 배우 간의 '궁합'이다. 무엇보다도 앞날에 대해 공감대를 이루고 호흡을 같이할 수 있는 게 가장 중요하다. 지금은 외형적으로 작아 보이는 회사일지라도, 배우를 신뢰하고 집중해서 전적으로 밀어주면 배우와 회사가 빠르게 성장한다. 처음 눈덩이가 뭉쳐지기까지가 힘들지, 배우 한두 명이 스타가 되면 회사는 급속도로 성장한다. 그러니 지금 회사의 외형에만 집착하지 말고 내실을 잘 검토하기를 바란다. Ⓨ

# 소속사의 포트폴리오를 파악하라

소속사들의 프로필을 받아보면 이 회사가 현재 적자인지 아니면 어느 정도 이익을 내고 있는지 보인다. A급 배우가 없더라도 중간 허리급 배우 몇이 포진해 있으면 그 회사는 어느 정도 운용이 가능한 상태다. 하지만 신인 비중이 지나치게 높은 곳이라면 다시 한 번 생각해볼 필요가 있다. 물론 회사의 자금 상황이 튼튼해서 신인들에게 2~3년 정도 투자할 수 있다면 상관없겠지만, 신인 비중이 너무 높으면 당장 눈앞에 보이는 결과물이 없기 때문에 시간이 흐르며 매니저나 배우들이 쉽게 지칠 수 있다. 그뿐만 아니라 신인이 많으면 집중적으로 관심과 케어를 받기 어려울 수도 있다. 그렇다고 신인 배우가 많은 회사에 가지 말라는 뜻은 절대 아니다.

회사에 본인과 비슷한 연령대 혹은 비슷한 이미지의 배우가 있는지도 확인해야 한다. 만일 그렇다면 장단점을 고려해야 한다. 장점이라고 하면, 예를 들어 A라는 배우에게 들어온 시나리오를 스케줄이 안 되어서, 혹은 고사해서 못하게 되었다면 같은 회사에 있는 비슷한 이미지의

B라는 배우를 추천해 기회를 만들 수도 있다. 반대로 회사에 자신과 비슷한 배우가 있을 경우 둘 중 한 명이 더 관심을 받고 출연제의가 들어오기 시작하면, 상대적으로 다른 한 명에게는 기회가 줄어들 수밖에 없다. 회사에서도 알게 모르게 매니저에 따라 챙기는 배우가 다르기 때문에 내부 경쟁자에게 피해를 입을 수도 있다.

회사의 배우 포트폴리오를 신중히 보기를 바란다. 회사가 내게 집중해서 열의가 넘쳐도 잘될까 말까 하는 게 현실이다. 물론 당신이 그만큼 회사에서 집중 받을 만한 가능성이 있다는 전제하에 말이다. Ⓨ

# ★
# 조급함에 떠밀려 계약하지 마라

많은 신인들이 소속사와의 법정분쟁으로 꿈을 접어야 하는 것을 숱하게 봐왔다. 훌륭한 외모와 재능을 가졌는데도 제대로 꿈을 펼쳐보지 못하는 안타까운 경우들이었다.

신인과 소속사 간의 계약 기간은 평균 5년 정도로 정한다. '5년'이 기준인 이유는 다음과 같다. 일반적으로 신인과 계약을 하면 2년 이상 트레이닝 기간을 둔다. 그러다 데뷔 후 적자에서 흑자로 바뀌는 시점이 3년 차 정도이다. 이렇게 봤을 때 회사 입장에서는 초기에 비용을 많이 투자해야 하는데, 그 투자비용까지 회수할 수 있는 기간을 약 5년 정도라고 판단한다. 참고로 배우에게 단돈 1원이라도 요구하는 회사는 절대 피해야 한다.

이 '5년'이라는 기간에 대해 이해하고 있지 않으면, 화려한 트레이닝 시스템과 본인에 대한 투자만 꿈꾸며 제대로 알아보지도 않고 계약을 진행하는 오류를 범하게 된다. 잘못된 계약의 리스크는 생각보다 크다. 한창 활동할 20대를 그냥 버릴 수도 있기 때문이다. 물론 누군가가 당신을 원한다는 건 아주 고마운 일이다. 그렇다고 그 고마움 때문에 자기 인생을 걸고 도박을 할 수 없는 것 아닌가. 당신이 상상하는 것보다 5년은 무척 길다.

계약만큼은 감성적으로 판단하면 안 된다. 조급해하지 말고 기다려라. 한 살 두 살 나이를 먹으며 조급함에 눌려 악수를 둘 수도 있다. 배우로서의 재능을 갖췄다면 분명 기회는 찾아온다. 조금 늦어도 괜찮다.

"본인이 회사에 들어가기 위해 사정하지 말고, 회사가 당신을 잡기 위해 사정하는 상황을 만들어라."

유명한 매니지먼트사 대표가 했던 말이다. 회사 덕을 보겠다고 기대하기보다 자신의 가능성을 보여줘서 회사가 나를 잡도록 하라는 말이다. 많은 배우지망생과 신인 배우들이 좋은 회사에 들어가면 핑크빛 미래를 담보하는 거라고 착각한다. 그 어떤 회사도 가능성만 보고 배우를 뽑지 않는다. 회사가 당신을 위해서 뛸 때 당신도 부지런히 스스로 뛰고 있어야 한다. 언제든 기회가 왔을 때 잡을 준비가 되어 있어야 하는 거다. 결국은 스스로 빛나는 법을 알아야 한다.

그뿐만 아니라 회사와 매니저 그리고 배우가 호흡을 같이해야 한다. 긴 마라톤을 함께 할지 단거리를 전력으로 질주할지 맞춤식 전략과 작전을 짠 후에 같은 페이스로 함께 뜀박질해야 한다는 뜻이다. 회사가 당신을 대표해서 뛴다는 생각은 절대 하지 마라. 함께 달릴 준비가 되어 있을 때 회사와 시너지가 일어난다. 그리고 결국 그런 배우들이 회사를 빛낸다. 🅚🅨

# ★
# 누가 좋은 매니저인가

매니지먼트사에서 당신을 위해 일해줄 사람은 대표, 실장, 현장 매니저이다. 당신이라는 배의 선장 역할을 하는 것이 대표라면 배의 방향키는 실장, 노를 저어주는 사람이 바로 현장 매니저이다. 최종 결정권자는 당신과 대표이겠지만 실질적으로 그 기회를 가져오기 위해 발로 뛰는 역할은 실장이 맡는다. 그리고 원활한 스케줄 진행을 위해 온갖 일을 하는 사람이 현장 매니저이다.

흔히 좋은 작품, 큰 인기를 가져다줄 수 있는 매니저가 좋은 매니저라고 생각한다. 분명 모든 매니저들은 항상 최선을 다한다. 하지만 같은 매니저라도 어떤 배우에게는 좋은 매니저가 되기도 하고, 어떤 배우에게는 무능력한 매니저가 되기도 한다. 그렇기에 운도 따라야겠지만 서로의 궁합이 중요하다. 나 역시도 10년 넘게 매니저를 하면서 내가 좋은 매니저였다고 자신 있게 말할 수 있는 배우도 있었지만, 미안한 마음이 앞서는 배우도 있었다.

한 배우가 내게 이런 말을 한 적이 있다. 매니저를 만나는 일은 결혼과 비슷하다고. 좋은 배우자를 찾는 것만큼이나 결혼해서 잘사는 것이 힘들듯이, 배우와 매니저가 만나 계약하고 함께 일하는 것 또한 그렇다. 자신을 위해 애써줄 좋은 매니저를 만났다고 생각한다면 결혼 이후 상대에게 예를 갖춰 배려하듯 매니저에게도 배려할 필요가 있다.

좋은 배우자를 찾는 기준이 사람마다 다르고, 결혼 생활을 성공적으로 하는 방법도 수만 가지가 있듯이, '좋은 매니저는 이렇다'라고 딱 떨어지게 정리할 수는 없다. 하지만 한 가지 확실한 것은 배우가 노력하는 모습, 최선을 다하는 모습을 보여준다면 능력치가 조금 떨어지는 매니저일지라도 시너지를 낼 수 있다. 결국 사람과 사람이 하는 일이기 때문이다. 매니저가 좋은 배우를 만들기도 하지만, 배우가 좋은 매니저를 만들기도 한다. **Ⓚ**

# ★
# 가장 가까이 있는 사람부터 감동시켜라

캐스팅을 할 때 아무래도 배우보다 매니저와 만나는 일이 잦기 때문에 매니저를 보고 배우의 성향을 파악할 때가 많다. 즉, 매니저가 배우의 얼굴일 수도 있다는 의미다. 매니저를 보고 실망해서 소속 배우까지 미워 보일 때도 있고, 배우보다 매니저의 인간성에 더 마음이 가서 배우를 챙겨주는 경우도 있으니 말이다. 물론 인간성만 좋다고 반드시 좋은 매니저는 아니다. 협상을 잘하고 소속 배우를 최대한 보호하기 위해 목소리도 크고 센 매니저 역시 배우 입장에서는 좋은 매니저일 수 있다.

손뼉도 마주쳐야 소리가 난다고 했다. 매니저든 배우든 혼자만 열심히 하면 성공 가능성은 아주 낮다. 내가 매니저일 때도 준비가 잘된 배우를 홍보할 땐 정말 즐거웠다. 목소리에도 자신감이 넘쳤고 소속사 배우들 중 그를 소개하는 시간이 가장 길었다. 그렇기에 매니저는 자신과 함께하는 신인을 더욱 혹독하게 트레이닝시키고, 매사 절실한 마음으로 일하기를 바란다. 그래야 사람들에게 자신 있게 소개할 수 있다. 내가 맡은 배우가 매니저 자신과도 같기 때문이다.

매니저도 사람이다. 주체적으로 판단하고, 좋아하는 일을 하고 싶은 사람. 그렇기 때문에 매니저를 열심히 일하게 하는 원동력이 필요하다. 경험에 비추어 봤을 때, 배우들이 먼저 매니저에게 감동을 주면 매니저 또한 최선을 다할 수밖에 없다. 매니저는 배우들이 혹독한 훈련을 이겨내는 걸 곁에서 본다. 배우의 진심과 열정을 느낄 수밖에 없다. 배우의 열정에 가장 영향을 많이 받는 건 매니저다. 마찬가지로 배우의 단점을 가장 많이 아는 것 역시 매니저다.

따라서 배우는 매니저부터 감화시킬 줄 알아야 한다. 신인 배우에겐 일을 대하는 '자세'가 가장 큰 경쟁력이 될 수 있다는 걸 명심해라. 가장 가까이 있는 사람부터 감동시켜라. 그것이 가장 먼저 할 수 있는 최선이다. ⓚ

# ★
# 매니저로 산다는 것

신인 배우의 매니저는 정말 힘겹다. 감독과 제작사와 만나기 위해 수십 통의 전화를 걸고 종일 기다린다. 오랜 기다림 끝에 만났다 해도 주어진 시간은 단 몇 분. 눈물을 삼킬 만큼 서러운 일도 많다.

매니저는 잘나가든 못 나가든 자기 배우의 인생을 위해 산다. 자신이 맡은 스타가 빛나야 나도 빛날 수 있다는 믿음 하나로 사는 것이다. 배우에게 한 번이라도 더 기회를 주고 싶어서 만나주지도 반겨주지도 않는 이들을 두고 미친 듯이 떠들고, 못 마시는 술까지 마시고, 자존심 구겨가며 사는 사람들이다. 분명 매니저마다 능력치는 다를 것이다. 하지만 이것만큼은 꼭 기억했으면 한다. 좋은 매니저, 나쁜 매니저를 떠나 매니저의 본분은 당신 대신 욕을 듣는 사람이다. 당신이 겪어야 할 수모를 대신 당하고 당신이 버려야 할 자존심을 대신 버리는 사람이다. 결국 당신을 얼마나 아끼고 당신을 위해 얼마나 자기를 버릴 수 있는지가 좋은 매니저의 판단 기준이다. Ⓚ

# 매니저의 쓴소리에도 귀 기울여라

많은 매니저들이 고민한다. 배우에 대한 이야기나 업계의 평가를 전달할 때 배우를 위해 혹은 배우와의 관계를 위해 좋게 포장해서 말할지, 냉정하게 있는 그대로 말할지 말이다. 물론 신인 배우일 땐 매니저가 엄격할 수밖에 없다. 뜨끔할 정도로 쓴소리를 하고, 심하다 싶을 정도로 혼내기도 한다. 많은 신인이 '뜨면 두고 보자!'라고 생각하기도 한다.

그러다 잘되고 나면 배우 주변에 사람이 많아진다. 모든 사람이 하늘에서 별이라도 따줄 것처럼 잘해준다. 무얼 하든 열렬히 지지하고, 필요할 땐 언제든 달려와준다. 그런 배우에게 매니저가 객관적인 사실 위주로 쓴소리를 계속하면 배우는 매니저를 점점 멀리하게 된다. 본인에게 대우를 안 해준다며 회사를 탓하고 "내가 이걸 어떻게 해? 더 임팩트 있고 캐릭터 강한 거 없어?" 하며 불만도 품는다. 그러다 보면 업계에 말이 돌기 시작하고 결국 들어오는 작품의 질은 떨어지게 마련이다. 그중 본인이 주인공이거나 돋보이는 작품을 선택해 출연하지만, 그 작품과 함께 침몰할 수도 있다.

물론 부침이 심한 이 업계에서 배우가 잘못했거나 평가가 떨어질 때 냉정하게 쓴소리를 하는 건 도리어 사기를 떨어뜨리고 좋지 않은 결과를 가져올 수도 있다. 길게 봐서는 곁에서 기운을 불어넣어주는 게 맞을지도 모른다. 하지만 매니저는 배우가 잘못된 길로 가거나 실수를 했을 땐 바로 잡아주는 역할을 해야 한다. 그리고 배우도 그런 매니저를 곁에 두고 냉정한 이야기에 귀 기울여야 한다. 하지만 현실은 대부분 그렇지 못하다. 결국 더 달콤한 말로 속삭이는 외부의 목소리에 귀를 기울이게 된다. 잘나갈 때 해주는 칭찬은 당연한 것이다. 그 달콤한 칭찬의 이면에 무엇이 숨어 있을지는 아무도 모른다.

　　부디 자신을 가장 잘 아는 이의 쓴소리에도 마음을 열기를 바란다. 쓴소리도 진정으로 받아들일 수 있을 때 배우는 성장한다. 🅚 🆈

Interview

# 영화배우 조진웅

## 나에게 끊임없이 질문할 것

배우가 된 후에도 계속 스스로 고민해야 해요. 배우가 무엇인지, 연기가 무엇인지, 내가 뭘 하고 있는 것인지. 그 고민 자체가 굉장히 값지다는 걸 명심하세요. 대학교 때 선배한테 저도 똑같은 질문을 했죠. "연극, 많이 어려워요? 어떻게 하면 잘하는 거예요?" "그 질문, 네가 하는 그 질문, 네 나이 때 할 수 있는 그 질문 자체가 굉장히 소중해." 이건 무슨 말이야? 싶었죠. (웃음) 1+1은 2, 뭐 그런 걸 바랐는데. 어쨌든 배우를 시작했다면 그 질문에 답을 찾으려고 애쓰게 되어 있죠. 그 고민 자체가 가장 뜨거운 성과라고 저는 생각해요.

고등학교 땐 글을 쓰고 싶었어요. 사촌 형의 영향인데, 국문학과 나온 형이었거든요. 제가 수필은 좀 썼어요, 물론 고등학교 수준에서. (웃음) 고 3때 연출이란 데 흥미를 좀 느꼈거든요. 그땐 교재란 것도 없고 인터넷도 없고, 그래서 TV에 나오는 형식, 우리 문학에서 배웠던 연극의 양식을 가지고 연출을 했는데 그게 나름대로 느낌이 있었던 거죠. 연극반에서 3학년이라는 이유로 연출을 했죠. 그때 연극과 영화에 대한 기본적인 개념을 배우고 습작을 해봤어요. 근데 너무 재밌는 거예요. 그렇다고 내가 이걸 꼭 해야 되겠다, 이런 인식이 든 건 아니지만요.

배우가 되고 싶다고 생각한 건 대학 들어간 후였어요. 동문 성격이 강한 극단에 들어갔었는데, 당시 왜 그랬는지는 모르겠지만 연극 공연을 참 많이 했어요. 항상 새벽 6시부터 8시 반까지 연습하고 9시에 등교해요. 자고, 점심 먹고, 오후 2시부터 공강이었죠. 3시부터는 연극제 연습을 하러 가요. 저녁 6시부터는 우리 극단 레퍼토리 연극 연습. 매일 그렇게 해요. 그걸 딱 10년을 한 거죠. 저 같은 경우 학교에 다니면서 이론과 실제를 겸비하게 된 거죠. 학교에서 이론을 배우면, 바로 적용을 해보고. 그런 식으로 체험하면 습득이 되잖아요. 그 어떤 수업보다 값진 훈련이었죠.

사실 제가 영화나 드라마를 할 줄은 꿈에도 몰랐어요. 전 아직 자신이 연극배우라고 생각해요. 현재는 예전에 활동하던 극단 소속의 명예 단원이기도 하고요. 영화 데뷔는 우연이었어요. 군대 선임이 〈말죽거리 잔혹사〉 연출부였어요, 길에서 마주쳤는데 영화에 출연해보라는 거예요. 그 영화에 출연하면서 받은 돈이 첫 페이였을 거예요.

　　그 선임도 참 고마웠던 게, 그때 그런 얘길 했어요. 이왕 할 거면 영화가 뭔지를 느끼고 갔으면 좋겠는데 임팩트가 아주 센 단역 역할이 있고, 긴 역할이 있다고. 이왕이면 오래 나오는 거 하는 게 좋을 것 같아서 긴 역할을 하게 됐어요. 그때 현장을 처음으로 봤는데 진짜 신기했어요. 부산에서 연극할 때는 전문적인 인프라가 없어서 분장을 못 하면 배우 취급도 안 했는데, 여기는 의상팀이 있더라고요. 확실하게 영역을 나눠서 포지션을 맞추고 있고, 그런 점들이 신기했어요.

### 영화 vs. 연극 vs. 드라마 연기

　　적응의 차이는 있는데 연기의 느낌은 크게 다르지 않은 것 같아요. 요즘은 드라마 못지않게 영화도 속도가 빨라졌어요. 예전에는 두 컷 찍고 "야, 오늘은 안 되겠다. 막걸리나 먹자!" 그런 게 있었어요. 근데 요즘은 제한시간 안에 못 끝내면 안 돼요. 다른 팀이 들어와야 하니까. 어떻게든 찍어 내야죠. 연기의 본질은 바뀌지 않아요. 연극이든 라디오 목소리 드라마든 영화든 연기는 다 같아요.

### 배우에게 가장 중요한 것

　　'자기 자신에게 자주 질문을 던지는 것'이 무엇보다 중요해요. 세상에서 가장 소중한 연기 선생은 바로 나예요. 모두 다르잖아요. 나에게 가장 완벽한 연기 선생님은 나뿐이죠. 스스로 자기를 믿지 못하면 아무것도 못해요. 내가 보기에도 난 햄릿이 아닌데 무대에 섰을 때 사람들이 어떻게 햄릿을 볼 수 있을까요. 스스로 햄릿이라는 확신으로 가득 차 있지 않으면 관객도, 동료도, 자신도 모두 힘들어지죠.

배우가 되기 위해 뭔가를 준비해야 한다면 철학하는 자세라고 답하고 싶어요. 자기에게 질문하는 것이 자신을 견고하게 만들 수 있는 유일한 방법이거든요. 미리 경험하는 것도 물론 중요하지만, 저는 어떤 역할이 주어졌을 때 준비해도 늦지 않다고 생각해요. 많은 경험을 한다고 이것저것 건드리기보다는 차라리 배우의 기본기 트레이닝을 하는 게 더 낫다고 생각해요. 꼭 준비해야만 하는 과정 같은 건 없다고 생각해요. 대신 내가 왜 이게 하고 싶은지 항상 그 이유를 찾는 것에서 출발해야 하죠. 그게 준비가 되지 않으면 촬영장에 못 갑니다. 생각하며 준비하는 시간은 항상 있어야 된다고 생각해요.

많은 작품을 경험해보는 것도 아주 중요한 것 같아요. 예전에 어떤 선배가 '예술하다'의 '술'자가 '기술'의 '술'자라 많이 해본 사람을 이길 수 없다고 그러셨어요. 저의 경우 연기를 시작하면서 엉겁결에 다작을 할 수 있었다는 게 참 행운이었어요. 상당히 많은 현장과 스태프, 배우를 만날 수 있었고, 그러면서 관용성이 생긴 거 같아요. 어떤 현장, 어떤 환경에 놓이더라도 이전에 비슷하게라도 겪어본 적 있으니까 잘 해결하고 넘어갈 수 있었고요.

그리고 함께 작업하는 동료 배우들, 스태프들과 즐겨야 해요. 전 현장이 너무 즐거웠거든요. 너무 심각해지지 않았으면 좋겠어요. 개인적인 가정사가 좋지 않더라도 그걸 연기로 가져오면 안 돼요. 이거 하나 만들려고 모든 걸 걸고 모인 사람들과 함께 하고 있는 거니까.

## 현장에서 사랑받는 배우가 되는 법

열심히 하는 것밖에 없어요. 그리고 항상 웃고 다닐 순 없지만 안 웃고 다니면 주위 사람들도 신경 쓰이고 분위기 굳는 것도 유념해야죠. 제가 현장에서 핸드폰을 보며 인상을 좀 쓰고 있던 적이 있어요. 캔디크러쉬가 잘 안 풀려서. (웃음) 그러고 있는데 분장팀 스태프가 걱정하는 얼굴로 "기분 안 좋으세요?"라고 묻더라고요. 아, 그럴 수 있겠구나 했어요. 배우라는 것 자체가 현장의 꽃이잖아요. 설령 집에서 좀 안 좋은 일이 있더라도 티를 내면 안 돼요. 그리고 그 과정을 즐길 줄 알면 된다고 봅니다. 저의 경우 예전에는 말 그대로 조, 단역이니까 제 것만 하고 가면 되었잖아요. 그런데 이제는 이 작품에 내가 누가 되면 안 되겠다, 내가 지친 스태프들을 위해야겠다는 그런 생각도 해요.

## 믿어주는 파트너와 함께하는 것

저 같은 경우 작은 소속사였기 때문에 더 많이 신경 써주셨어요. 크다고 무조건 좋은 매니지먼트인 건 아니에요. 저희 대표님은 참 많이 격려해주셨어요. 예를 들어 제가 캐스팅이 잘 안 되잖아요. 드라마 리딩하러 갔다가 작가가 못생겼다고 내보내고. (웃음) 그런 경우 많았어요. 그랬을 때는 일단 자책을 하죠. '뭘까, 내가 정말 부족한 건가?' 이러고 있을 때 대표님이 와서 술 한잔 사주며 힘내라 하면서 말씀하시길 "나는 영업 안 해. 네 연기가 영업이야. 난 네 연기를 믿어." 그러는 거예요. 신뢰받은 만큼 돌려드리도록 배우도 노력하게 되어있는 거니까요..

## 후배들에게 하고 싶은 한마디

섣불리 발 담그지 말라는 거예요. (웃음) 배우가 된다는 것은 영화 〈인터스텔라〉에서 차원을 넘어가는 것과 비슷하니까요. 깊이 고민해보고 결정하길 바랍니다. '그래도 젊었을 때 한번 해보자!' 혹은 '일단 한번 시작해보자.' 뭐, 이런 마음으로 들어왔다가는 아마 가루가 되어서 나갈 거예요. (웃음) 유독 시련에 약한 친구들이 있어요. 힘든 일만 생기면 바로 좌절하고, 숨어버리는 거죠. 하지만 배우는 스트레스를 계속 재생산시켜야 해요. 멀쩡한 아버지를 죽여야 하고, 말짱한 엄마 죽여야 하고, 결혼도 안 했는데 아들, 망하지도 않았는데 죽어야 하죠. 이 스트레스가 얼마나 크겠어요. 삶에서 부딪히는 시련에 대해 무덤덤해지라는 게 아니라, 그걸 견디는 에너지를 넓히는 게 필요해요. 어떤 외부적 환경이 나의 의지를 무너뜨릴 수는 없어요, 결단코. '포기'는 내일 할 수도 있는 거니까. 언제든 할 수 있는 거니까. 굳이 지금 할 필요 있을까요? 포기는 다음에 생각해보는 거로. (웃음) 하다 하다 안 풀리는 건 없으니까요. 저도 했으니까, 여러분은 더 잘할 거예요.

# 07

# 독일까
# 약일까

배우에게 연기학원이란?
배우에게 성형수술이란?
배우에게 노출이란?
배우에게 SNS란?
배우에게 열애설이란?

Interview PD **이재문**〈미생〉

# 배우에게 연기학원이란?

배우지망생 대부분이 연기학원을 배우가 되는 필수코스라고 여긴다. 물론 좋은 선생님, 좋은 학원은 아주 많다. 하지만 학원에 가야만 연기를 배울 수 있다고는 생각하지 않는다. 연륜 있는 선배 배우들 중에는 신인들을 연기학원에 절대 보내지 말라고 하는 사람도 있었다. 그 이유를 물었더니 하나같이 같은 대답을 했다.

"선생님한테 배운 것만 한다."

대본의 인물로 사는 게 배우다. 그렇기 때문에 배우가 직접 캐릭터를 연구하고 몰입해야 한다. 그런데 연기를 배우는 신인 대부분이 선생님한테 배운 대로만 해서 캐릭터와 다른 감정 연기를 하거나 몰입하지 못한다고 한다. 그 캐릭터를 본인 것이 아니라 다른 사람의 판단으로 만들다 보니 당연히 연기도 늘지 않는다는 거다.

실제로 이런 일도 있었다. 매니저 일을 할 때 한 신인 배우를 학원에 보냈다. 신인치고는 연기를 곧잘 해서 조금만 가르쳐 바로 데뷔시키려고 생각했던 거다. 그런데 어느 날 그가 연기학원을 그만두고 싶다는 말을 꺼냈다. 이유를 물으니 '너무 답답하다'고 했다. 자신이 생각하는 감정과 선생님이 생각하는 감정이 달라서 연기하기 더 어렵다는 말도 덧붙였다. 나는 그 말을 따르기로 했다. 연기는 선생님이 하는 것도, 매니저가 하는 것도 아니니까. 그 후 그 신인은 학원에 다니지 않으면서도 꾸준히 방송과 영화에 출연하며 자신의 길을 걷고 있다. 지금은 장래가 유망한 배우로 활동 중이다.

학원 시스템이 잘 맞는 이들도 많다. 하지만 아닌 경우도 분명히 있다. 중·고등학생들이 학원에 다닌다고 모두 성적이 오르는 게 아니듯, 배우도 자기만의 방식이 있다. 연기수업을 듣더라도 자신에게 맞지 않을 수 있다는 걸 염두에 둬야 한다. 배우고 싶을 때 그때 배워도 늦지 않다. 무조건 학원에 가는 것만이 답은 아니다. 그리고 무엇보다 중요한 건 학원에 다니느냐 안 다니느냐가 아니라 배우는 사람이 얼마나 주도적으로 몰입해서 해나가는지 아닌지다. Ⓚ

# ★
# 배우에게 성형수술이란?

르네 젤위거의 최근 모습을 보고 깜짝 놀랐다. 아무리 보아도 다른 사람이었다. 영화 〈브리짓 존스의 일기〉 때의 순박하고 사랑스러운 외모는 온데간데없고 얼굴 근육이 뒤틀린 아줌마가 되어 있었다. 본인은 성형 부작용이 아니라고 해명까지 했지만, 성형 여부를 떠나 배우로서 자기관리를 하지 못했다는 건 실망스러웠다.

한국에도 비슷한 사례는 많다. 매니저에게 어떤 배우의 근황을 물어봤을 때 언제쯤까지 활동하지 않고 쉴 계획이라는 답이 돌아올 때가 있는데, 보통 이 기간이 소위 말하는 튜닝 시기일 가능성이 높다. 요즘은 성형수술이나 시술의 종류가 너무나 많다. 가볍게는 필러나 보톡스에서부터 전신성형에 이르기까지 튜닝의 정도는 천차만별이다.

관리하지 않으면 남들보다 예뻐질 수 없다는 미묘한 경쟁 심리 때문에, 혹은 본인만 느끼는 사소한 콤플렉스 때문에 성형은 시작된다. 성형외과 의사들의 말을 듣다 보면 이것만 하면 누구처럼 되거나, 콤플렉스를 한 방에 없앨 것만 같고 아주 간단한 일처럼 느껴진다.

이유와 과정이 어찌 됐든 성형을 해서 더 아름다워지고 매력적으로 변한다면 다행이지만, 결과는 정말 복불복이다. 누구는 자연스럽게, 누구는 아주 부자연스럽게, 때로는 되돌릴 수 없을 만큼 참담한 결과를 맞는 경우도 있기 때문이다. 휴식기를 가진 후 오랜만에 공식 석상에 나타난 배우의 얼굴이 어딘가 달라져서 고개를 갸웃할 때가 있다. 이때 사람들은 대부분 '예뻐졌다'고 하지 않고 '수술했구나'라고 생각한다. 미의 기준에서는 더 아름다워졌을지 모르지만, 달라진 얼굴에서 이질감이 느껴지기 때문에 불편한 것이다.

바로 여기에 중요한 포인트가 있다. 배우는 본인의 만족보다 대중의 만족을 우선시해야 한다는 점이다. 배우 자신은 코가 낮거나 쌍꺼풀이 없어서 고민일 수 있지만, 지금의 모습을 사람들이 좋아해준다면 그건 코가 낮고 쌍꺼풀이 없기 때문일 수도 있다. 본인의 만족을 위해 단점을 보완한 순간, 사람들은 그 배우의 매력이 떨어졌다며 차갑게 돌아서는 일도 비일비재하다.

얼마 전 한 소속사에서 신인 배우의 프로필 사진을 보여준 적이 있다. 그윽한 눈빛과 낮은 콧대가 이상하리만치 조화되어 매력적인 얼굴이었다. "이분은 절대 코 수술하면 안 되겠네요"라고 했더니, 이 신인을 본 대선배인 배우도 같은 말을 했다고 한다. 만일 그 신인이 남들보다 더 예뻐지기 위해 코를 높였다면 강남에서 흔히 볼 수 있는 성형미인이 됐거나 배우로서 매력이 급감했을지도 모른다. 인위적인 연기가 자연스러움을 절대 이기지 못하는 것처럼 성형 또한 같은 맥락이 아닐까.

그렇다고 우리가 성형에 무조건 반대하는 건 아니다. 사람들에게 혐

오감을 주거나 어딘지 모르게 불편함을 주는 얼굴인데 성형으로 그 부분을 충분히 보완할 수 있다면 적극적으로 고려해볼 만하다. 현재 활동하는 배우 중에도 성형을 하고 나서 과거보다 훨씬 돋보이게 탈바꿈한 이들도 많다. 사실 가장 큰 문제는 한 번 효과를 보면 그 이후에도 마음에 안 드는 곳이 보이고 그럴 때마다 성형을 하고 싶은 충동을 느낀다는 거다. 그러다 보면 얼굴이 남들과 비슷해지면서 성형외과에서 예쁘다고 인정하는 얼굴밖에 되지 못한다.

업계에서 쓰는 '카메라 마사지'라는 단어가 있다. 배우가 카메라 앞에 자주 서면 예뻐진다고 해서 나온 말이다. 신기하게도 무언가 한 것도 없는데 카메라 마사지를 받으면 정말 놀랄 만큼 예뻐진다. 그 이유가 뭘까? 아마도 카메라에 비추는 본인의 모습을 파악했기 때문일 것이다. 어느 쪽 얼굴이 더 잘 나오고, 어떻게 울고 웃어야 예뻐 보이고, 어떤 옷과 헤어스타일, 메이크업이 자신을 돋보이게 하는지 파악했기에 가능한 것이다. 결국, '카메라 마사지'는 자신이 가진 매력을 발견하는 과정으로 시간은 좀 걸리지만 성형수술보다 꽤 안정적인 투자 방법이다.

배우는 무조건 매력적이어야 한다. 그리고 그 매력의 기본은 희소가치를 전제로 한다. 특히 영화배우가 되고자 한다면 더욱 새겨들어야 할 말이다. 대중은 늘 TV에서 보고, 길거리에서 봄 직한 얼굴을 극장에 가서 돈까지 주며 보고 싶어 하지 않는다. 특히 여배우들은 진정으로 배우가 되고자 한다면 절대 압구정 성형외과 앞에 걸린 얼굴처럼 성형을 하면 안 된다. 우리가 기억하는 여배우들은 모두 자신만의 개성과 매력을 가진 이들이다. 〈비긴 어게인〉의 키이라 나이틀리만 해도 그렇다. 그녀는 툭 튀어나온 주걱턱과 삐뚤빼뚤한 치아마저도 사랑스러워 보일 만큼 매력적인 연기로 인기를 얻었다. 치아 교정을 하고 주걱턱 성형을 했다면 그녀도 본인만의 개성을 잃었을지도 모른다.

예쁜 사람, 잘생긴 사람만 배우가 되고 주인공을 하는 시대는 지났다. 그렇기에 얼굴을 걸고 복불복 게임을 한다는 건 무모한 일이 아닐까. '아름다움'에 기준이 있을까? '예쁨'과 '잘생김'의 예가 따로 있을까? 배우를 할 얼굴과 아닌 얼굴이 정해져 있을까? 오히려 이 질문들을 당신에게 던지고 싶다. 지금껏 살면서 '아름답다'고 느낀 얼굴은 어떻게 생겼는가? 모두 같은 얼굴이었나? 혹시 당신의 콤플렉스가 투영된 얼굴은 아닌가? 오똑한 코는 몇 센티미터쯤 되어야 하는가? 그렇다면 작은 얼굴은?

이 모든 건 결국 주관적인 판단이다. '아름다움'에 대한 주관적인 판단에 과학적 기준과 잣대는 없다. 따라서 대중의 마음을 움직이는 배우에게 적합한 얼굴은 따로 정해져 있지 않다.

다른 이의 외모와 비교하며 불안해하지 마라. 오히려 본인이 가진 개성을 더욱 부각시키고 사랑스럽게 보이도록 노력해보자. 요즘은 다듬어진 미인보다 외모의 단점마저도 사랑스럽게 보이는 자연스러움을 추구하는 추세다. 그러니 자로 잰 듯한 성형 미인은 되지 말자. 그렇게 되는 순간 주변에 보이는 수많은 성형 미인들과 더더욱 치열한 경쟁을 해야 할 수도 있다. Ⓨ Ⓚ

# ★
# 배우에게 노출이란?

요즘 여배우들에게 들어오는 시나리오는 노출이 있거나 남자들 사이에서 홍일점이 되거나 둘 중 하나라고 할 정도로 많지 않다. 현재 캐스팅을 맡은 영화나 검토 중인 시나리오만 해도 대부분 남성성이 넘치는 작품들이다. 이러한 쏠림 현상은 분명 안타까운 일이지만 소위 말하는 남자 영화들이 인기를 얻고, 남자 배우들이 티켓파워를 형성하며 이들의 캐스팅이 영화 투자를 가름하는 기준이 되는 터라 남성 영화의 강세는 한동안 이어질 전망이다. 현실이 이렇다 보니 여배우들이 할 만한 작품이 없다는 볼멘소리가 나온다. 그나마 로맨틱 장르의 상대역이면 괜찮은 편이고, 남자들 사이에서 들러리 같은 존재가 되거나 노출이 꼭 들어가는 작품들이 많은 편이다.

최근에 캐스팅을 진행한 작품도 여배우의 노출 수위가 꽤 높아서 3개월 동안 30명이 넘는 여배우에게 제안했다가 거절당하며 애를 먹었다. 작품성도 있고 이름만 대면 알 법한 유명한 감독의 작품인데도 불구하고 노출에 대한 부담이 커서 고사한 경우가 대부분이었다. 여배우에게 노출은 부담스럽고 어려운 일이다. 노출 후 이미지도 신경 써야 하기 때문에 조심스러울 수밖에 없다. 한편으로는 그렇게 해서라도 좋은 감독과 작품을 만나 영화배우의 반열에 오르기를 희망하는 마음도 있기에 노출 여부를 더 고민할 것이다.

그렇다면 여배우에게 노출이 있는 영화는 독일까, 약일까? 안타깝게도 정답은 없다. 노출을 한 후 배우로 포지셔닝이 잘된 경우가 있는가 하면, 노출한 영상클립만 계속 돌아다닐 정도로 화제만 되고 배우로서는 오히려 마이너스가 된 경우도 많기 때문이다. 어떤 선택을 하든 중요한 건 노출을 가볍게 여겨서는 안 된다는 것이다.

신인에게는 당장 노출에 대한 부담보다 여주인공으로 신데렐라처럼 데뷔할 수 있다는 유혹이 더욱 클 것이다. 특히 김고은이나 임지연과 같이 데뷔작부터 유명한 감독, 배우들과 함께 작업하고, 노출에 대해서도 비교적 호의적인 평가를 받은 후 계속 좋은 작품에 출연하는 긍정적인 사례도 있다. 하지만 노출 후 결과가 좋지 않은 경우가 더 많다는 걸 기억해야 한다. 한 번 노출을 하게 되면 그 후에도 계속 비슷한 작품만 제안이 들어오고, 사람들도 색안경을 끼고 바라보기도 한다.

나이가 어린 신인이나 배우지망생들이 노출에 대해 거리낌 없이 말하는 걸 보며 종종 놀란 적이 있다. 노출 연기를 하면 감당해야 할 부분들이 꽤 많다. 그건 오로지 여배우 혼자 감당해야 하는 부분이기도 하다.

노출이 있는 역할을 제안받으면 주변에 믿을 만한 업계 관계자들과 충분히 상의해본 후 결정하기 바란다. 개인적으로는 좋은 작품이라면 노출을 감행해서라도 참여했을 때 얻는 게 더 많다고 생각하지만, 그만큼 좋은 작품이 많지 않다는 게 염려되는 부분이다.

만약 당신에게 노출이 있는 시나리오가 들어오면 어떤 결정을 내리겠는가? 조ㆍ단역에 머무르던 당신에게 주인공 자리를 제안한다면? 눈딱 감고 한 번 찍으면 그만이겠지, 라고 생각한다면 오산이다. 여배우들의 노출이나 정사 장면은 짧은 영상클립으로 SNS나 온라인을 타고 돌아다닌다. 그러니 당장 눈앞의 달콤한 것만 보면 안 된다. 달콤함 뒤에는 독이 있게 마련이다. Ⓨ

# ★
# 배우에게 SNS란?

많은 배우들이 SNS를 한다. 팬과의 소통 창구로, 혹은 순수하게 지인들과의 네트워크를 위해서, 홍보를 위해서 등 목적은 다양하다. 네트워크 연결망이 다수로 얽힐수록, 팔로잉과 친구 맺기가 증폭될수록 그 영향력은 커진다. SNS에 쓴 한 줄이 대중의 시선을 제대로 받으면 하루아침에 세상의 이목을 끌 수도 있기에 신인들에겐 더할 나위 없는 좋은 홍보 플랫폼일 수도 있다.

반면, 부작용 또한 많다. 한 번 이슈가 되면 사실 여부와 관계없이 SNS 이용자에게 각인되고 오랫동안 기억에 남는 특성 탓에 회사 차원에서 배우의 SNS를 관리하는 곳도 있고, 배우가 개인적으로 관리하더라도 어느 정도 기본적인 가이드라인은 정해둔다.

문제는 예기치 않은 부분에서 일이 생긴다는 점이다. 별생각 없이 내뱉은 한마디, 사진 한 장, 태그 하나, 심지어 본인의 소신이라고 밝힌 부분이 대중의 민감한 부분을 자극해서 반감을 사는 등 도처에 위험요소가 존재하기 때문이다. 그렇다면 과연 SNS는 배우에게 필요한 것일까?

없는 편이 나을까?

　SNS는 적절히 '잘' 할 수 있는 사람만 하는 게 낫다
고 생각한다. 여기서 '잘' 할 수 있다는 건 해서는 안 될 말의 기준을 스스
로 알고 있어야 하며 감정에 치우쳐서 나중에 감당하지 못할 행동을 안
할 수 있어야 한다는 뜻이다. 특히 민감한 주제들에 있어서는 언급하지
않는 편이 낫다. 물론 본인의 소신을 밝히며 호불호에 따른 부정적인 시
선도 감당할 수 있다면 상관없다.

　분명한 사실은 SNS는 하면 할수록 긍정적인 효과보다는 부정적인
리스크가 높아진다는 거다. 마치 러시안룰렛처럼 언젠가 터질지 모르는
위험요소가 존재한다. 음식 사진을 올린 것뿐인데 사진 속 숟가락에 비
친 실루엣 때문에 열애설이 터질 줄 누가 알았을까. 어떤 배우는 팬들과
직접 소통하고자 SNS를 운영하며 팬들의 메시지에도 몇 시간씩 시간을
들여 일일이 답장까지 했는데, 팬들 사이에서 특정 팬만 예뻐한다는 시
기와 오해가 빚어지면서 결국 SNS를 접게 된 일도 있었다.

　그럼에도 불구하고 SNS는 분명히 팬들과 소통하는 창구이자, 이
미지를 업그레이드시켜주는 홍보 수단이 될 수 있는 것 또한 사실이다.
SNS에 올리는 글과 사진으로 자신의 이미지를 직접 만들 수 있기 때문
이다. 그렇기 때문에 SNS 자체를 처음부터 개인적인 공간으
로 인식하지 않는 것이 무엇보다 중요하다. 특정 사람
들과 공유하는 공간이라 하더라도 결국 어떻게든 말은 새어나가고 이슈
는 되게 마련이다.

　책임감을 가지고 신중히 접근한다면 SNS도 충분히 긍정적으로 운

영할 수 있을 것이다. SNS를 하는데 뭐 그리 신중할 필요가 있냐고, 솔직하게 감정을 드러내는 게 뭐가 나쁜 거냐고 반문할 수도 있겠지만 공인으로 산다면 분명 다르다. 대중의 정서와 사회적인 분위기 등을 고려해야 하는 피곤함을 영원히 떠안고 살 수밖에 없다. 하지만 한 가지는 기억했으면 한다. 세상 사람이 모두 나를 좋아할 필요는 없다는 것이다. Ⓨ Ⓚ

# ★ 배우에게 열애설이란?

배우들도 사랑을 한다. 사랑은 소중한 경험이며 모든 인간을 풍요롭게 한다. 사랑은 둘만의 지극히 사적인 일이기에 어느 배우든 안전하고 비밀스럽게 그 사랑을 유지하고 싶어 한다. 하지만 사랑과 관련되었다면 유명하든 아니든 사람들의 집중을 받기에 딱 좋다. 그런 비밀스러운 사랑은 쉽게 용납되지 않는다. 사진이라도 찍힌다면 정말로 빼도 박도 못하고 인정할 수밖에 없다.

만약 당신에게 그런 일이 생긴다면 어떻게 대처하는 것이 좋을까? 확실한 정답은 없다. 오랜 시간 매니저였던 나 역시도 뚜렷한 해답을 찾지 못했다. 배우들의 성향과 소속사마다 업무 방식이 다르기 때문에 대처 방법 또한 다를 수밖에 없다. 하지만 여러 기자에게 질문해보았더니 다들 비슷하게 답했다. "멋있게 인정하라!"라고.

한 기자에게 들은 이야기다. 어떤 배우가 열애설 기사가 나가고 다짜고짜 화를 낸 적이 있다고 한다. 기자들은 그게 최악의 경우라고 했다. 사적인 영역의 일이 기사로 공론화되는 게 썩 유쾌하진 않을 것이다. 하지만 기자들 입장에서는 없는 사실을 쓴 것도 아니고 확실한 정보가 있어 기사를 쓴 것뿐인데, 마치 없는 일을 만들어냈다는 듯 화부터 내서 그 배우의 사랑 이야기를 예쁘게 써줄 마음이 싹 달아났다고 했다.

반면 바로 인정하고 기자와 기사가 나가는 시점, 내용을 조율하고자 한다면 배우를 위해 최대한 배려해준다고 한다. 이렇게 하나 저렇게 하나 어차피 기사는 나간다. 그렇다면 좋은 느낌으로 나가는 게 낫지 않겠냐는 거다. 기자들 말이 그렇다.

결별했을 때 또한 마찬가지다. 한 기자가 톱 배우의 결별 사실을 알게 되었단다. 너무나 톱스타였기에 파장 또한 클 것이라고 예상하던 차에 그 배우가 기자에게 전화를 걸어 결별을 인정했다고 한다. 다만 지금 이 시기에 기사가 나가면 상대가 굉장히 곤란한 상황을 겪게 될 것 같다며 기사를 조금만 늦춰주기를 정중히 부탁했다고 한다. 기자는 그 배우가 마지막까지도 상대를 배려하는 모습이 굉장히 멋있어 보였다고 했다. 그 후, 추측이 아닌 깔끔하고 담백하게 결별 기사가 나갈 수 있도록 배려했다고 한다.

물론 쉽게 인정하는 게 어렵다는 걸 잘 안다. 하지만 어떻게 대처할지 생각할 땐 냉정하게 판단해야 한다. 결국은 사람 간의 일이다. 기자와 얘기를 나눠라. 숨기면 더 집요하게 당신을 괴롭힐지도 모른다. 멋있는 사람들이 하는 일이 배우다. 결국 진지한 사랑과 진정 어린 토로가 대중에게 사랑받는 또 다른 매력으로 발현될 것이다. 사랑도 멋있게, 인정도 멋있게! Ⓚ

Interview

# PD 이재문

미생(2014)
몬스타(2013)
유리가면(2012)
레알스쿨(2011)
별순검 시즌2(2008)
별순검 시즌1(2007)

## 오디션에서 캐스팅하고 싶은 배우란

배우에게 매력이 첫 번째라면, 배역으로서 준비된 자세를 보여주는 것이 두 번째인 것 같아요. 배역으로서 준비가 덜 됐으면 '한 번 더 준비해오세요. 다시 봅시다'라고 할 수 있는데, 배우로서 매력이 없으면 거기까지 가지도 못하거든요. 저 사람은 이런 것도 잘하지 않을까 궁금해지게 하는 만들어야 하는데, 그렇게 되려면 자기 자신을 사랑하는 것이 중요하죠. 나르시시즘에 빠지라는 게 아니라 자신의 장점을 알고 있는 사람은 과장되게 옷을 입지 않아도 특별함이 보이거든요. 어떤 배우를 보면 나르시시즘이 견고해서 배역에 맞게 바꾸기 쉽지 않겠다는 생각이 들어요. 그런 사람은 오디션에 들어와도 많이 궁금하지 않죠. 그 사람이 뭘 할지 그 한계가 보이거든요. 한편으로는 '나는 현장에서 타협하지 않을 거야'라는 태도로 보이기도 하죠. 현장에는 여러 가지 변수가 있고 다양한 일이 벌어지는데, 그걸 한 팀으로 함께해나갈 사람을 뽑는 거잖아요.

저는 예고 연극영화과를 나왔고, 대학도 연극과를 나왔어요. 그러다 보니 주변에 유명이든 무명이든 배우들이 많아요. 그분들도 저에게 똑같이 물어봐요. '오디션 어떻게 봐야 하니?'라고.

드라마 쪽은 조금 폐쇄적인 편이에요. 영화처럼 공지를 하거나 신인들에게 기회를 주는 경우가 적어요. 요즘은 주로 캐스팅 디렉터가 활동을 하고요. CJ 같은 경우는 캐스팅 팀이 있고, 보통 드라마마다 전담 캐스팅 디렉터가 있죠. 그분들이 배역의 경중과 캐릭터에 따라 배우를 추천해주세요. 〈미생〉 같은 경우에는 조금 달라서 연출자가 더 적극적이었어요. 공연도 많이 보고 독립영화까지 훑어본 후에 어떤 사람을 콕 집어서 만나게 해달라고 한 경우도 있었지요. 한석률 역에는 프로필로만 몇천 명, 오디션을 본 사람도 몇백 명이었어요. 20대 후반에서 30대 초반 사이의 남자는 다 봤다고 할 정도였죠. 〈건축학개론〉의 '납득이' 같은 스타를 만들어야 했고, 그 캐릭터처럼 활기차게 극을 띄워줄 배우가 필요했어요. 신인 중에서 역량 있는 친구를 찾아야 했는데, 오래도록 안 나났죠. 그러다가 감독님이 독립영화를 보고 발견한 거예요, 저 친구를 보고 싶다고. 그래서 한석률 역의 변요한 군은 촬영 들어가기 일주일 전에 캐스팅됐어요. 다음날 리딩하고 바로 촬영 나갔고요. 이런 경우가 흔치는 않아요.

저희가 공개오디션을 보겠다고 공지를 내는 것도 아니에요. 각 매니지먼트사에 공지를 보내는 정도지요. 드라마 오디션을 보고 싶다면, 매니지먼트에 소속되는 것도 좋지만 일단은 영화 오디션을 열심히 보는 게 중요해요. 캐스팅 디렉터도 영화 오디션에 같이 들어가는 경우도 있기 때문에, 역량 있는 분이라면 디렉터 분들이 추천해서 연결되기도 하거든요.

## 영화 오디션과 드라마 오디션의 차이

영화는 주로 공지를 내죠. 오디션 사이트 같은 곳을 통해 공지가 나가면 서류 응모하고, 연락이 오면 오디션을 보는 거예요. 영화는 아무리 작은 역할이라도 한 장면 한 장면에 전력을 다할 수 있는 환경이잖아요. 그래서 감독부터 연출부, 제작사까지 캐스팅에 공을 들일 수 있어요. 드라마는 촬영 들어가기 두 달 전쯤에 편성되는 경우가 많아요. 먼저 주연을 캐스팅한 다음에 조연 캐스팅에 들어가기 때문에 신인 오디션을 하기에는 시간이 부족하고 캐스팅 정보도 부족하죠. 시간을 아끼기 위해서 캐스팅 디렉터의 도움을 받는 거예요.

## 오디션에서 돋보이는 방법

지나치게 겸손하지 않았으면 좋겠어요. 신입사원으로 지원한 것처럼 겸손하고 예의 바르게 보이려고만 하면 오히려 개성이 안 느껴지더라고요. 함께 작업할 배우가 필요한 거지, 마냥 예의 바르고 착한 사람이 필요한 게 아니거든요. 그 사람의 개성을 보고 다른 역할을 제안할 수도 있는데, 매너가 판에 박힌 것 같은 분들을 보면 안타까워요.

오디션은 첫인상이 큰 영향을 미쳐요. 극단적으로 말하면 배우가 오디션장으로 한 발 내딛는 순간에 결정이 나기도 해요. 몇 분 안에 자신을 어필한다는 건 참 힘든 일이지만 오디션에 임하는 배우라면 자신의 매력을, 다른 것보다도 자기만이 가진 고유함을 보여줘야 해요. 배역에 대해 연습한 걸 보여주는 것도 좋지만, 그 이전에 자기의 매력을 보여줄 필요가 있는데 대부분 평범하고 무난하게 하는 경우가 많아요. 캐스팅하러 들어온 사람들도 바쁘거든요. (웃음) 캐스팅하는 사람들이 캐낼 수도 없고, 첫인상에 많은 영향을 받을 수밖에 없는 거죠.

## 여배우의 성형에 대해

요즘 여배우들이 성형을 많이 해요. 코가 좀 낮고 쌍꺼풀이 없어도 그 나이의, 그 친구가 가진 특별함이 보였으면 좋겠는데 그런 사람을 만나기가 쉽지 않아요. 성형을 하는 것도 매력을 더 높이고 싶어서 하는 건데 결과가 참 안타깝죠. 개성을 드러내려면, 그 사람의 삶과 방식이 있어야 되는 거잖아요. 평소 책이나 영화도 많이 보고 어떤 자극을 얻기 위해 뭔가를 실제로 겪어보기도 하고 그래야 자연스럽게 배어 나오는 거 같아요. 최근에 인상적이었던 분은, 어울리는 역할이 있다면 언젠가는 꼭 함께 일하고 싶은 분인데요, 서른둘 정도로 나이가 조금 있는 여배우였어요, 정말 무명인. 흔한 여배우의 느낌이 아니었어요. 얼굴에 가공된 느낌이 없고, 예쁜데 살짝 각이 있더라고요. 들어보니, 경찰행정학과를 나오고 실제로도 경찰을 준비했던 분이었어요. 도저히 배우를 포기할 수 없어서 20대 후반에 늦게 배우 생활을 시작했다고 하더라고요. 정말 단역만 하면서요. 말투도 아직 부드럽지 않고 경찰이 되려고 준비했던 사람답게 절제되어 있었어요. 그분이라면 수사물에서 뭔가 작은 역할이라도 확연하게 다른 모습을 보여줄 수 있을 것 같은 기대가 생기더라고요. 그런 게 그 사람만의 개성이죠.

### 배우에게 외모란

중요하긴 하죠. (웃음) 주연급 신인이 탄생하는 경우에 연출자의 페르소나랄까 그런 것을 많이 반영하게 돼요. 제작진은 하고 싶은 얘기를 캐스팅을 통해 극명하게 드러내거든요. 그러니까 비용이 들더라도 우리가 하고 싶은 얘기를 한 번에, 선명하게 보여줄 배우를 선정할 수밖에 없어요. 물론 대부분의 사람들이 상업적 의미가 있고 유명한 배우들을 하려고 하죠. 저는 이 일을 하면서 점점 더 캐스팅에 어려워지고 점점 더 고민하는 지점이 있어요. 〈미생〉의 임시완 같은 경우는, 딱 처음에 만났을 때 안심이 됐어요. '아, 이 배우구나' 하고요. 장그래는 루저이지만 정말 맑은 심성이 있고 어떻게 해서든 이 사회에서 버텨야 하는 우리의 모습을 보는 듯한 느낌이 들어야 했기 때문에 실제로 행동이 바른 친구를 원했어요. 그 누구도 완전한 장그래가 아니기 때문에, 최대한 근접한 사람을 찾는다면 태도가 중요하다고 생각했죠. 그러면서 외모나 매력도 같이 봤고요.

여배우의 경우도 마찬가지예요. 아주 예쁘거나 개성이 있어서 발탁된 친구들이 있는데 그걸로는 오래 못 가요. 특히 무작정 스타가 되려고만 하는 사람은 확실히 오래가지 못하는 것 같아요. 이 작업 자체를 즐기고 책임감 있는 분들이 오래 남는 거죠. 좋은 배우들 보면 둘 중 하나입니다. '저 사람은 배우 안 했으면 뭐했을까' 싶은 사람들, 그리고 '저 사람은 뭘 해도 잘했겠다' 싶은 사람들이죠. 영업사원을 했어도 그 사람은 최고가 되었을 거예요.

많은 배우지망생들이 자기가 캐스팅 안 된 것을 자꾸 외부적인 요인으로 돌려요. 매니지먼트사가 약했다거나 아니면 코만 조금 더 예뻤으면 됐을 텐데 하는 식으로 엉뚱한 데서 답을 찾으려고 해요. 그런데 오디션에 안 되었다는 건 그 배역에 안 맞았을 뿐이지 배우가 부족했다거나 나빴다는 것이 아니니까, 오디션에 계속 낙방하더라도 자신의 개성을 포기하는 방향으로 가지 않았으면 좋겠어요.

### 현장에서 사랑받는 법

본인이 적극적으로 프로덕션에 참여한다는 느낌이 중요할 거 같아요. 현장에서 어느 정도 경지에 이른 연기를 잘한다는 사람은 리액션을 잘하는 사람이거든요. 신인 때는 자기 대사를 열심히 하죠. 그렇지만 화면에는 양쪽의 모습을 다 비춰서 잘라 쓰기 때문에 리액션을 잘하는 배우는 상대 배우한테 예쁨받게 되죠. 리액션까지 어느 정도 된다는 것은 주고받기가 된다는 것이고, 그렇게 되려면 배우끼리 신뢰를 얻는 것이 먼저거든요.

또 프로덕션의 일원이란 것은 조명팀이든 카메라팀이든 연출부든 스태프와도 한 팀이라는 거잖아요. 그들과 친하게 지내고, 이름도 기억해주고. 같이 호흡하려고 하는 것이 중요하죠. 결국 우리 일은 공동 작업이니까요.

저는 배우들한테 오디션을 많이 보라고 해요. 오디션도 자꾸 봐야 늘기 때문에 100번씩 보라고 해요. 떨어져도 또 보고 또 보고. 그러다 보면 전문가들의 얘기도 들을 수 있거든요. '당신은 이러이러한 매력이 있는데, 왜 그걸 못 꺼내냐. 더 해봅시다' 등 내가 모르는 나의 모습에 대해서 객관적인 조언을 들을 수도 있죠. 쉽지는 않을 거예요. 자신을 테스트받는 건데. 긴장되고 마음이 힘들겠죠. 그런데 같은 기회를 줬는데도 잘하는 사람이 있고 못하는 사람이 있어요. 서툴더라도 지르는 사람이 있고, 끝까지 못 보여주고 가는 사람이 있고요. 온전히 무식하게 파고들어서 최대한 노력했다, 한계치를 넘어서 더 했다는 것은 본인만이 알기 때문에 오디션을 몇 번 보면, 오기도 생기고 배짱도 생길 거예요.

신인이니까 미숙하고 못하는 것은 당연해요. 이번 오디션에서 이렇게 해봤는데 안 되고, 다른 오디션에서는 최선을 다해서 안 되었다 하더라도 자꾸 해봐야 요령이 생겨요. 자꾸 해야 배짱도 늘고, 요령도 생기고 결국 자꾸 해보는 것만이 정답인 것 같아요.

당신만 '미생'이 아닙니다.
모두가 '미생'입니다.
내 안의 확신이 생길때까지
외롭지만 이겨내 주십시오.

2015. 2. 드라마서 이재문

**08**

# "배우는
# 연기만 하면
# 되는 거 아냐?"

예능도 작품이다
카메라 뒤에는 카메라맨이 아니라, 수백만 명의 시청자가 있다
진심이 아니라면, 하지 않는 게 낫다
광고를 많이 찍는 비결

Interview PD **나영석**〈꽃보다 할배〉〈삼시세끼〉

★
# 예능도 작품이다

배우에게 작품 하나하나는 인생을 결정짓는 잣대가 된다. 하지만 작품을 홍보하기 위해 배우의 전공 영역이 아닌 곳에서 웃겨야 하는 상황도 종종 생긴다. 주객이 바뀌는 것이다. 배우에게 큰 부담이 될 수밖에 없는 일이다.

영화나 드라마를 홍보하기 위해 홍보팀과 매니저는 여러 번 회의를 한다. 이때 예능 프로그램이나 라디오, 잡지 인터뷰 등 작품 홍보를 위해 배우들이 꼭 해줬으면 하는 것들을 정하는데, 의견이 맞지 않아 서로 기싸움을 할 때도 있다. 작품을 성공시키기 위해 수단과 방법을 가리지 않아야 하는 홍보팀의 입장과 작품도 중요하지만 자기 배우의 이미지를 더욱 중요하게 여기는 매니저의 의견 충돌은 어찌 보면 당연한 일이다.

신인 배우에게는 예능 출연이 하늘이 준 기회일 수도 있다. 한 방에 인지도를 올리는 데에 더할 나위 없이 좋은 것이 예능이기 때문이다. 재기해야 하는 배우도 마찬가지다. 이미지 변화를 시도해볼 수 있는 큰 기회다. 실제로 예능에 출연해 되살아난 배우도 많다. 이처럼 배우에게 예능은 때로는 아주 좋은 약이 되기도 한다.

반면 또 다른 누군가에겐 '독'이 될 수도 있다. 요즘 예능 프로그램의 트렌드는 리얼리티다. 촬영장에는 수십 대의 카메라가 대기 중이고 어떤 상황에서든 카메라가 따라다닌다. 이런 현장은 배우에게 굉장히 낯선 탓에 두려움이 생길 수밖에 없다. 그러다 보니 자연스러운 모습을 제대로 보여주지 못하고 바보처럼 촬영을 마치기도 한다. 어쩌다 말실수라도 하면 대중의 공격을 받아 정신적으로 피폐해질 수도 있다.

한 예능 PD에게 어떻게 하면 예능을 잘할 수 있는지 물어본 적이 있다. 그의 대답은 이러했다. 타고난 유머감각, 순발력도 중요하지만, 예능도 하나의 작품이라고 생각하는 마음가짐이 가장 중요하다고. 너무 하기 싫은데 억지로 촬영장에 나온 게 보이는 배우도 있다고 한다. 이런 배우와 촬영하다 보면 누구도 즐겁지 않고 서로 눈치 보기 바쁘다는 것이다. 이는 배우 한 명 때문에 수십 명이 피해를 보는 것이고, 결국 그 방송을 기다리는 많은 시청자에게 피해를 주는 것이기도 하다.

예능도 최고의 드라마가 가능한 장르이다. 주어진 대본은 없지만 본인이 원하는 대로 만들어갈 수 있는 작품이라는 것, 매력적이지 않은가? 어떤 상황에서도 즐길 줄 아는 멋진 배우, 어떠한 작품을 해도 본인에게 어울리도록 훌륭히 소화하는 배우가 진정한 명품배우가 아닐까. Ⓚ

# 카메라 뒤에는 카메라맨이 아니라, 수백만 명의 시청자가 있다

리얼리티 프로그램으로 인지도를 올리거나 인기를 끌 기회를 만들고 싶다면 그 허와 실을 잘 알아야 한다. 특히 본인의 실생활이 여과 없이 노출될 수밖에 없는 콘셉트라든지 장시간 관찰의 대상이 되는 경우라면 무엇보다도 유념해야 할 것이 있다. 말 한마디 혹은 잘못된 행동 하나로 마녀사냥을 당할 수 있다는 점이다. 마녀사냥은 대체로 아래의 3가지 단계를 거치게 된다.

1. 의도하든 의도하지 않든 방송은 자극적으로 나가게 되어 있다.
2. 그 방송에 대한 기사가 자극적인 제목으로 다시 한 번 부풀려진다.
3. 먹잇감이 된 당신에 대해 네티즌들이 파헤치기 시작한다. 결국 그간 알려지지 않았던 것들까지 밝혀지며 마녀사냥은 극단으로 치닫는다.

방송인은 물론 일반인들도 위와 같은 과정을 모두 알고 있지만, 자신이 그 대상이 될 거라고는 미처 생각하지 못 한다. 예컨대 〈슈퍼스타K〉 같은 프로그램에서 단숨에 주목받았던 출연자가 과거 SNS에 올렸던 사진 한 장 때문에 일진으로 낙인 찍혀 비난당할 줄은 당사자도 아마 예상하지 못했을 것이다. 촬영 중에 말 한 마디 한 마디를 신중히 하겠다고 결심했을지라도 장시간, 길게는 며칠 동안 따라다니는 카메라 앞에서 그런 긴장감을 계속 유지하기란 어려운 일이다. 결국 잠깐 방심한 사이 내뱉은 말 한마디가 방송에 나가고 만다. 나중에 방송을 보면서 후회해도 이미 늦었다.

연출진이 카메라 앞에서 편하게 행동하라는 말을 지나치게 순수하게 받아들이면 안 된다. 카메라 뒤에는 카메라맨만 있는 것이 아니다. 당신의 몸짓 하나하나를 관찰하는 수백만 명의 시청자가 있다는 걸 잊지 마라. 당신이 잘못 내뱉은 말이나 망가지는 모습은 그 부분만 편집되어 블로그나 SNS로 퍼져나가게 될 것이다. 더욱 중요한 사실은 그런 기록들이 없어지지 않고 영원히 온라인에 남겨진다는 점이다. 시간이 흘러 사람들의 기억에서 잊힐 수는 있지만, 검색만 하면 과거 당신의 흔적을 쉽게 발견할 수 있다. 설령 그게 당신이 철없을 때 했던 말이나 행동일지라도, 사람들은 당신에 대해 편견을 가지게 될 수 있다.

위의 이야기는 부정적인 사례만을 말한 것이기는 하다. 하지만 실제 이런 일들이 지금도 계속해서 벌어지고 있다. 그렇다고 방송을 무서워할 필요는 없다. 잘 보이기 위해 계산된 행동을 할 필요도 없다. 자연스러운 모습 그대로 방송에 나갔을 때도 사람들에게 사랑받을 수 있는 사람이라고 확신이 든다면 그때 나가도 좋다. 그래서 나는 리얼리티 프로그램에 나가 사랑받을 수 있는 사람은 한정적이라고 생각한다.

리얼리티 프로그램에 적합한 사람은 따로 있다. 짧은 시간 안에 자신을 확실히 캐릭터화할 수 있는 사람, 그리고 그 캐릭터로 호감을 얻을 수 있는 사람. 당신은 어떤 사람인가? 생판 모르는 이들 앞에서 아주 짧은 시간 내에 위의 조건을 충족시킬 수 있는 사람인가? 이는 단순히 유머감각이나 끼에 의지해 할 수 있는 부분이 아니다. 부디 당신이 방송에서 어떻게 다뤄질지에 대해 한 번쯤은 예측해본 후 출연하기를 바란다. ⓨ

# 진심이 아니라면, 하지 않는 게 낫다

수익의 일정 부분을 기부하고 위험을 감수하며 먼 나라에 가서 선행을 베푸는 배우들이 꽤 있다. 누가 봐도 좋은 일이고 다녀온 배우도 느끼고 깨달은 것이 많다고 입을 모아 말한다. 나 역시도 배우와 함께 아프리카에 다녀온 적이 있다. 그 후 가고자 하는 이들에겐 꼭 가라고 추천하지만, 모두에게 그렇지는 않다.

진심으로 그 사람들을 대할 자신이 없다면, 안 가는 것이 더 낫다. 아프리카에 갔을 때 촬영 스태프들에게 많은 얘기를 들었다. 이곳에 봉사를 하러 온 것인지 광고촬영을 하러 온 것인지 모를 정도로 앞뒤 분간을 못하는 사람, 민낯을 보여주기 싫다고 촬영시간을 어겨가며 오랜 시간 메이크업하는 사람, 먹는 것과 자는 곳에 대해 불평불만만 늘어놓는 사람 등이 비일비재했다는 것이다. 그러기에 진심으로 열심히 하는 이들을 볼 때면 크게 고마움을 느낀다고 했다.

과거에 어떤 배우에게 이런 봉사활동에 함께했으면 한다고 여러 번 추천한 적이 있다. 그때 그 배우는 죽어도 싫다고 했다. 그 사람들을 마주했을 때 눈물이 나지도 않을 것 같고 오히려 역겨워하는 모습이 카메라에 담길까 무서워서 못 가겠다는 이유에서였다. 그 당시엔 그 배우가 이해되지 않았다. 본인의 이미지에 한 번은 도움이 될 거라고 생각했기 때문이다. 하지만 지금 와서 생각해보면 그 배우 말이 맞았던 것 같다.

요즘 시청자들은 우리가 생각한 것보다 예리하고 예민하다. 섣불리 판단하고 행동하면 좋은 이미지를 만들기보다 오히려 가식적인 이미지를 보여줬을지도 모를 일이다. 그렇기에 이런 일을 계획할 땐 더욱 신중히 고민해야 한다.

잠깐의 눈물로 시청자들을 속일 수 있을 거라 자만하면 안 된다. 사람들은 당신이 배우임을 알고 있으며, 당신의 눈빛 하나도 놓치지 않는다. ⓚ

# ★
# 광고를 많이 찍는 비결

좋은 작품에 좋은 배우가 있다. 그리고 좋은 광고엔 좋은 이미지를 가진 배우가 있다. 신인 배우들이 광고를 많이 찍을 수 있는 비결이 있냐고 묻곤 한다. 간단하게 답하자면 광고주가 좋아하는 활동을 많이 하면 된다. 영화보다는 드라마, 연속극보다는 미니시리즈, 사극이나 시대극보다는 현대극, 심각하고 잔인한 것보다는 말랑말랑한 멜로드라마 등. 이런 식으로 활동하면 광고 시장에서 블루칩으로 평가받는 것과 동시에 엄청난 돈을 벌 것이다.

하지만 그만큼의 책임과 의무도 따른다는 걸 꼭 명심하길 바란다. 사건 사고, 스캔들이 절대 없어야 한다. 제품의 매출에 큰 영향을 줄 수 있기 때문이다.

세상에는 공짜가 없다. 광고주는 배우에게 큰돈을 지불했기에 모델료 이상의 효과를 거두기를 원한다. 자사 모델이 회사를 위해 많은 일을 해주기를 바라는 것이다. 앵무새처럼 외운 대로만 떠드는 모델보다 회사를 알고 제품을 아는 모델이 더 고마운 것은 당연한 일이다.

한 번 광고 계약을 하면 영화나 드라마의 성공 여부와 관계없이 그 회사 모델로 오랫동안 활동하는 배우도 있다. 반면 어떤 배우는 영화가 크게 성공했는데도 1년 이상 계약을 맺는 걸 본 적이 없다.

두 배우의 차이점은 무엇일까? 바로 일에 대한 태도였다. 일을 대하는 태도는 여기저기에서 다양한 방식으로 드러나게 마련이다. 광고 촬영은 생각보다 굉장히 힘들다. 시간이 오래 걸릴뿐더러 같은 표정, 같은 동작을 수백 번 해야 한다. 소비자들이 사고 싶게 만들려는 '바로 그 한 컷'을 위해 엄청난 노력을 기울여야 한다. 그러다 보니 모델은 예민해질 수밖에 없다. 하지만 이런 상황에서도 항상 웃으며 촬영에 임하는 배우가 있다. 반면 말도 못 걸 정도로 예민하게 굴어서 주변을 얼어붙게 하는 배우도 있다. 짜증으로 시공간을 채우는 배우와 함께 일하는 스태프들의 머릿속엔 정말 어쩔 수 없어서 억지로 이 배우와 일한다는 생각이 들 수밖에 없다. 바로 이런 차이에서 광고 모델의 생명력이 결정된다고 해도 과언이 아니다.

광고 촬영 현장에서 한 배우에게 힘들지 않으냐고 물었더니 담담히 이렇게 답했다. "어차피 해야 하는 일인데, 굳이 인상 쓰며 해서 주변 사람들을 불편하게 만들기는 싫다." 이런 마인드가 배우를 롱런하게 만든다.

함께 일했던 배우 중 한 명은 광고를 한 편도 찍어본 적이 없었는데, 운이 좋게도 좋은 브랜드의 광고를 계약하게 되었다. 촬영할 때는 물론이고 그 외에도 모델로서 최선을 다했다. 그 덕분인지 그해에만도 아주 많은 광고를 계약했고 몇 년이 지났는데도 여전히 같은 브랜드 모델로 활동하고 있다. 한 번의 최선이 또 다른 최선을 보장했고 그것이 광고주의 마음을 끌어온 것이다. 명심했으면 한다. 평판+흥행=광고. 지금 찍는 광고가 또 다른 광고 제곱을 만든다. Ⓚ

Interview

# PD 나영석

꽃보다 할배-그리스(2015)
삼시세끼 어촌편(2015)
삼시세끼(2014)
꽃보다 청춘(2014)
꽃보다 할배-스페인(2014)
꽃보다 누나(2013)
꽃보다 할배-유럽&대만(2013)
인간의 조건(2013~2014)
해피선데이-1박 2일(2009)

## 끼가 없어 예능이 두려운 배우들에게

'방송에 나가면 이런 표정을 지어야 한다, 웃을 땐 이렇게 웃어야 한다' 식의 트레이닝을 받는다고 들은 적 있어요. 물론 몇 년 전까지는 유용했어요. 예전에는 웃음을 주는 상황을 가볍게 터치하는 프로그램이 많았기 때문에 자동판매기처럼 누르면 나오는 개인기들이 유효했는데, 지금은 깊게 들어가는 예능 프로그램이 많거든요. 출연자를 상대로 장기 프로젝트를 한다든지, 고정 출연자가 캐릭터의 개성으로 사랑을 받는다든지 하는 장르가 굉장히 많죠. 그 개성은 연습하거나 가르친다고 되는 부분이 아니거든요. 개인기를 많이 안다고 개성이라 부르진 않잖아요. 그 사람의 본질적인 성격이 캐릭터로 나오는 건데, 진짜 모습이 필요한 거죠. 나만의 좋은 개성이 있는데 트레이닝 받아서 다른 사람과 똑같은 사람이 되어버리면 나중에 "네 진짜 모습을 보여줘"라고 했을 때 당황하곤 해요. 사실 저 같은 경우 그렇게 트레이닝된 분들과는 작업을 잘 안 하는 편이에요. 예능이란 장르에서는 본인만의 심지가 있느냐, 세상을 바라보는 나만의 관점이 있고, 나만의 무언가가 있느냐가 훨씬 더 중요해요.

## 예능에서 캐릭터 만들기

예를 들어 배우 손호준 씨는 지금까지 걸어온 본인만의 역사와 스토리가 있어요. 서울에 상경해서 힘들게 무명시절을 보냈는데, 좌절하지 않고 잘된 친구의 도움을 받으면서 지냈다는 자기만의 역사가 있고 그 시간 속에서 형성된 가치관이 있어요. '내가 잘되면 나중에 돌려줘야지, 겸손하게 살아야지.' 그런 게 자연스럽게 체득된 캐릭터예요. 그런 캐릭터가 시청자들에게 호감을 주죠. 그런 게 있으면 개인기가 없어도 상관없어요. 예쁘게 웃는 법 몰라도 되죠. 그 마음만 살짝 보이면 시청자들이 더 환영하거든요.

요즘 예능의 트렌드와도 관련이 있어요. 예전엔 예능 프로그램에서 꼭 하는 게 있었어요. 댄스 신고식 하고 MC가 개인기 물어봐요. 그럼 개인기 보여주고 에피소드 몇 가지 준비해 가는 거죠. 1시간 동안 내가 대여섯 번은 카메라에 잡혀서 두세 번은 웃긴 장면을 만들 수 있겠다는 계산과 공식이 적용되던 게 옛날 예능이라면, 요즘 예능은 다른 걸 원해요. '어떻게 살고 있니, 네 인생은 지금까지 어땠니, 그래서 네 성격은 어떠니, 부모님께 잘하니, 주변 사람들에게 너는 어떤 사람이니.' 이런 게 오히려 예능에서 어필하는 포인트가 된 거죠.

## 끼가 있어야 예능을 잘할까?

그 끼가 뭔지 저도 잘 모르겠지만 글쎄요, 카메라 앞에서 겁 없이 개성을 표출하는 걸 만약 끼라고 한다면 그런 건 필요 없는 시대인 것 같아요. 제가 〈출발 드림팀〉 조연출을 했었는데요. 가수 비 씨가 갓 데뷔했을 때 출연한 적이 있어요. 이창명 씨가 진행을 하는데 "자, 이번 출연자는 신인가수 비!" 하고 딱 나오자마자 "댄스 타임!" 그럼 바로 추는 거예요. 예전엔 댄스 타임 외치면 바로 춤추고, 개인기 원하면 바로 보여주는 방식이 자연스러웠는데 지금은 그렇게 하는 프로그램이 거의 없거든요. 요즘 제일 많이 하는 건 이미 각각의 분위기가 형성되어 있는 프로그램 안에 자연스럽게 녹아드는 거예요. 그냥 자연스럽게 하면 되죠. 끼가 없어도 그냥 본인의 모습대로 하면 되는 거고, 카메라 앞이라 긴장돼서 떤다면 그런 모습 역시 요즘은 그 자체로 신인의 면모를 보여줄 수 있는 거니까 그대로 나갈 수도 있다고 생각해요.

예전엔 촬영 환경이 카메라 수십 대와 화려한 조명이 설치된 세트장이어서 긴장할 수밖에 없도록 만들었는데, 요즘은 기술이 좋아져서 카메라가 있는지 없는지도 모르게 찍는 경우가 많아요. 리얼리티 쇼들은 특히 그렇고요. 그런 걸 굳이 하는 이유가 카메라 의식하지 말고 자연스럽게 하라는 의미이기도 해요. 카메라가 많은 현장에서 긴장되는 건 당연한 일이에요. 하지만 어떻게 보면 이 업계에서 일하려는 사람이라면 그 긴장을 자연스럽게 받아들일 줄 알아야 하는 게 아닐까요?

## 나PD의 캐스팅 1순위 조건

다른 건 다 미뤄두고 이 사람이 성실하고 착한 사람인지가 제일 중요해요. 저는 그게 무조건 1번이에요. 그래서 인터뷰도 해보고 주위 소문도 들어보죠. '착하다'의 기준이 천사 같은 사람을 말하는 게 아니에요. 예능이라는 게 혼자 하는 게 거의 없거든요. 다 누군가와 상호 작용하는 게 예능인데, 욕심부려서 자기만 돋보이려 하는 사람들이 있어요. 그 사람이 어떤지 조금만 수소문해보면 알아요. 이 업계에 비밀은 하나도 없거든요. 그리고 신기한 건 PD가 아는 수준의 정보는 요즘 시청자들도 다 알고 있어요. 그만큼 시청자들의 눈도 높아진 거죠. 옛날 같으면 착하지 않은데 캐스팅해서 착한 사람처럼 보이게 만들 수 있었지만, 요즘은 그렇게 해도 시청자가 안 속아요.

또 리얼리티 쇼 같은 경우 처음에는 연기를 할 수도 있지만, 나중에는 본인의 성격이 다 나오거든요. 제작진 입장에서도 포장할 수 있는 상황을 넘어서게 돼요. 그렇기 때문에 리얼리티 예능에서는 그 사람이 성실하고 선한 기운이 있는 사람인지를 제일 먼저 봐요.

두 번째는 처음부터 잘나서 성공한 배우보다 고생해서 이 자리까지 온 배우한테 더 정이 가요. 누가 봐도 돈 많은 집안에서 밀어줘서 올라온 배우들도 있잖아요. 물론 그 사람이 기본적으로 선하고 자기만의 캐릭터가 있는 경우는 다르지만, 고생해서 자기 위치까지 올라간 본인만의 스토리가 있는 사람들이 대중들에게 어필하기 쉽죠.

## 예능을 잘하는 법

예능도 작은 사회라고 생각하면 쉬워요. 어디 인터뷰나 면접 보러 갔다고 생각하면 딱 맞죠. 기본적으로 좋은 모습만 보여주고 싶은 거잖아요. 가능한 한 잘하고 싶고 성실하게 보이고 싶고. 더불어 자신의 가치관 같은 걸 어필하지 않으면 뽑히지 않는단 말이죠. 예능 프로그램도 면접이랑 똑같아요. 예의 같은 것도 굉장히 중요해요. 사람들은 건방지고 잘난 체하는 거, 예의 없는 거 무척 싫어해요. 그 예의라는 게 대단한 게 아니에요. 어디든 프로그램의 주인과 터줏대감들이 있잖아요. 게스트는 거기에 잠깐 나가는 거고요. 많은 분이 착각하는 게 그날은 자기를 위한 자리라고 생각하는 거예요. 오늘 내가 나가는 거니까 열심히 각인시키고 와야지, 절대 그렇게 생각하면 안 돼요. 제일 좋은 건 메인 MC와 패널들에게 잘 부탁드린다며 인사하고, 겸손하게 임하는 거죠. 방송을 하면서 그분들을 믿고 따라가는 게 중요해요. 그런데 '어떻게 잡은 기회인데' 혹은 '아, 나오기 싫었는데 어쨌든 나왔으니까 돋보여야지' 그런 생각들 때문에 자기 할 얘기만 하고 가는 경우가 있어요. 상대방 입장에서 생각할 줄 알아야 해요.

또 하나는, 드라마나 영화에 출연하고자 하면 작품도 분석하고 감독의 성향도 공부하고 같이 출연하는 배우들은 어떤 사람인지 준비해서 가잖아요. 예능도 같아요. 영화나 드라마와 같은 작품이라고 생각하면, 이 프로그램이 어떤 프로그램인지, MC는 어떤 성향인지 공부해서 거기에 맞춰 어떻게 임할지 계획하는 게 필요해요. 만약 〈라디오스타〉에 나가서 '나PD가 자연스러운 게 좋다고 했어' 하고는 가만히 앉아 있으면 그건 그 프로그램을 모욕하는 것과 같아요. 예능 프로그램도 하나의 작품이라고 생각해야 합니다. MC와 PD, 프로그램을 분석한 후 그 안에서 내가 할 수 있는 것들을 과하지 않게 보여주는 게 좋아요.

배우들의 경우 왜 예능을 해야 하는지 의문을 갖기도 하는데요, 예능을 잘 이용하셨으면 좋겠다고 말하고 싶어요. 연기로는 보여주지 못했던 새로운 모습을 예능으로 보여줄 수도 있고, 정체되어 있던 이미지를 바꿀 수도 있거든요. 그런 모습이 불씨가 되어 주목받을 수 있게 해주죠. 한 번으로 인생이 바뀔 수도 있는 게 예능이잖아요. 예능은 딱 한 번만 돼도 잘될 수 있거든요. 배우 입장에서는 충분히 활용할 만하죠.

## 현장의 모든 사람은 감독의 촉수

예능도 스태프와의 조화가 엄청 중요해요. 그래서 캐스팅하기 전에 어느 배우가 성격이 어떤지 알고 싶다면 저희는 매니저들한테 묻지 않습니다. 스타일리스트나 오디오감독한테 물어보면 금방 나와요. PD 앞에서는 다들 잘하거든요. 그래서 스태프들에게 묻는 게 가장 빨라요. 같이 일하는 사람에 대한 기본적인 예의를 지켜야 하는데, 그걸 못한다는 소문이 퍼져 있으면 같이 일하기 싫죠. 함께 일하는 사람들에게 얼마나 잘하는지가 중요해요.

기본적으로 밝게 웃으면서 인사 잘하는 사람은 어딜 가나 사랑받잖아요. 현장도 마찬가지예요. 그런 게 귀찮을 수도 있겠지만 그런 얘기는 언젠가 반드시 감독한테 들어와요. 현장에 있는 모든 사람은 감독의 촉수예요. 사람들이 저한테 뭔가 말하러 오거든요. "저 사람은 좀 이

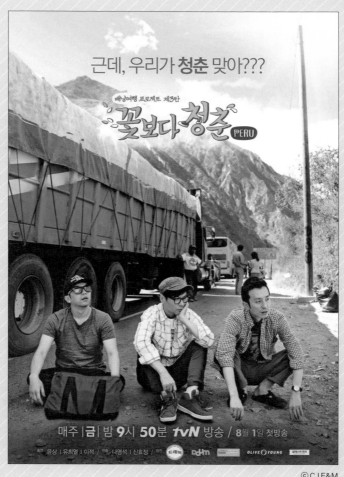

상한 것 같아요." 혹은 "생각보다 좀 괜찮던데." 그런 얘기가 들려와요. 자기가 어떻게 하느냐에 따라서, 오해나 편견이 한순간에 생기는 것처럼 호감도 순식간에 만들 수 있어요. 매니저가 와서 아무리 떠들어 봤자 듣지 않아요. 우리가 믿는 건 함께 전장에 나가는 스태프들 시각이죠. 그러니까 스태프들한테 잘 안 하는 배우들을 보면 안타까워요.

### 배우지망생에게 하고 싶은 한마디

즐기진 못하더라도 중간에 좌절하지 않고, 조급해하지 않고, 내가 잘할 수 있는 걸 하면서 그 길을 가는 게 중요해요. 이 길을 걷는 사람이라면 확신을 가져야 할 것 같아요. 난 여기서 승부를 볼 거고, 이 끝이 어디든 한눈팔지 않고 가보겠다, 그 안에서 내가 할 수 있는 건 연극이든 단편영화든 단역이든 뭐든 즐기면서 하겠다고 생각해야 해요. 나는 잘될 수 있다, 제대로 된 길을 가고 있다는 자존감을 가지고 임하는 거죠. 그런 자존감이 있는 선택과 없는 선택은 분명히 다르거든요. 자존감이 있는 사람들은 자기가 갈 길을 정해놓고 뚜벅뚜벅 걸어가요. 잔말도 많고 유혹도 많지만 그래도 안 흔들리고 성실하게 걸어가요. 그게 제일 중요하다고 생각해요.

— 나영석 PD임니다
아니라 싶으면 여기서 접으시고
가다 싶으면 죽게까지 끝까지!

**09**

# 소속사에 들어갔다고 끝난 걸까

당신은 충분히 절실한가
스타라면 당연히 밴van을 타야 한다?
달콤한 말을 경계하라
떠나는 뒷모습이 아름다워야 하는 이유
거절에도 도리가 있다
작품 보는 눈까지 착해서는 안 된다

Interview **배우 박성웅**

# 당신은 충분히 절실한가

지난 몇 달간 재능 있는 20대 신인들을 꽤 많이 소개받았고, 오디션도 적지 않게 연결을 해주었다. 소속사에서 미는 친구들도 있었고 소개로 알게 되거나, 주변의 추천으로 만난 이들도 있었다.

결론부터 말하자면 실망스러운 수준이 더 많았다. 괜찮은 외모에 (소속사에서 소개하기를) 연기도 곧잘 한다 하고, 인성도 착하다고 하는데 오디션 후에 돌아오는 피드백은 안 좋은 경우가 많았다. 생각해보면 그 원인은 '절실함의 부족'에서 온 듯하다.

많은 배우들이 준비되지 않은 채 매니저 손에 이끌려 오디션 장소에 나온다. 이번에 안 되면 다음에 잘하면 되겠지 하는 생각에 마치 수능이 아닌 모의고사를 보는 심정으로 말이다. 심지어 그런 마음가짐으로 오디션만 반복해서 보다가, 어차피 떨어질 거라는 생각으로 반은 포기하고 오디션을 치르는 경우도 많이 봤다. 그러고는 그 원인을 다른 데로 돌렸다. 어차피 다른 회사에서 옵션을 걸었다거나, 감독이 따로 봐둔 애가 있다거나 하는 등의 이유 말이다.

처음에는 매니저도 신인을 스타로 만들어보자는 각오를 했을 것이다. 의욕적으로 프로필을 돌리고, 배우의 매력을 어필하고, 여기저기 인맥을 동원해서 오디션도 잡으려고 노력하면서 말이다. 하지만 매니저가 그렇게도 힘들게 잡은 기회를 쉽게 놓아버리고 다음 미팅은 언제 잡아주나 하며 또다시 대기 상태에 들어가는 배우도 있다. 그런 패턴이 반복되면 매니저도 지칠 수밖에 없다. 미팅 기회는 계속 줄어들 것이고, 매니저의 관심에서도 멀어질 수밖에 없다.

오디션은 회사에서 따줘야만 하는 걸까? 매니저가 아니면 캐스팅 부서나 감독, PD를 만날 수 없을까? 본인이 어떤 사람인지 남과 다른 매력이 있는지 강렬하게 각인시킬 준비가 되어 있는가? 냉정하게 평소 얼마나 연기연습을 하고 있나? 언제 기회가 올지 모른다는 막연함에 애써 현실을 외면하지는 않는가?

이제 시작일 뿐이다. 살아남으려면 정말 남달라야 한다. 본인이 가진 장점과 남다른 매력을 잘 포장할 줄 알아야 한다. 매력은 단숨에 만들어지지 않는다. 그러니 지금부터라도 매력을 가꿔야 한다. 중요하게 생각하지 않았던 미소, 말투, 행동, 사소한 습관 하나가 나중에는 결정적인 한 방이 될 수 있다. ⓨ

# ★
# 스타라면 당연히 밴van을 타야 한다?

신인 배우들이 항상 꿈꾸는 장면이 있다. 시상식 레드카펫 행사 때 멋진 턱시도, 혹은 화려한 드레스를 입고 커다란 밴에서 내리며 수많은 카메라를 향해 손을 흔드는 모습. 많은 이들이 상상만 해도 행복해진다고 말하곤 한다. 아쉽게도 현실에서는 그럴 수 있는 배우보다 그러지 못하는 배우들이 더 많다.

원래 밴van은 화물을 싣고 나르는 큰 포장마차를 일컬었다. 화물칸이 있는 트럭 역시 밴이라고 불렀다. 하지만 연예계에서 밴은 신데렐라의 꿈을 실현해준 호박마차와도 같다. 그 연예인의 지위와 위상을 드러내는 상징처럼 인식되고 있다.

회사마다 밴을 탈 수 있는 배우의 기준이 있다. 수익이 되어야만 혜택을 누릴 수 있는 것이다. 내가 몸담았던 회사의 기준을 보면 차량 구입비, 세금, 보험료, 유류대 등 모든 것을 고려했을 때 연 소득 10억 원 이상의 매출을 올릴 수 있는 배우에게만 밴을 허락했다. 이 정도 수익을 올려줘야 그 배우의 운영비가 적자가 아니라고 판단하는 것이다.

이렇게 과거에는 밴을 타는 배우들의 기준이 누가 봐도 확실했다. 하지만 요즘은 밴이 너무 흔해진 게 사실이다. 배우들은 소속사 이적 조건에 당연한 옵션 항목으로 밴을 제시하고, 회사들은 적자가 날 게 뻔한데도 배우를 영입하거나 소속된 배우를 지키기 위해 어쩔 수 없이 그 옵션을 들어줄 수밖에 없다.

타고 있는 차가 멀쩡한데도 3년이 지나면 차를 바꿔달라고 하는 배우도 있었다. 그 배우에게는 당연한 일일지 몰라도, 일반적으로 봤을 땐절대 당연한 일이 아니다. 재계약 조건 중 하나로 '새 차'를 제시해서 결국 본인이 원하던 번쩍번쩍한 새 차를 얻은 그 배우는 뒤로 사람들의 비웃음을 많이 들었다. "연기나 잘하지" 하고.

스타라면 당연히 밴을 타야 한다는 생각부터 버렸으면 한다. 스타 배우가 된 후에도 겸손함을 보여준다면 사람들의 머릿속에 더욱더 좋은배우로 자리 잡을 것이다. 중요한 것은 당신이 어떤 차를 타고 다니는 지가 아니라, 당신의 이름이 밴에 맞는지다. Ⓚ

# 달콤한 말을 경계하라

이야기를 나누다 보면 자신을 과대평가한다는 느낌이 드는 배우가 있다. 물론 자신감 넘치는 태도로 높은 목표를 지향하며 그렇게 되기 위해 자기 가치를 높게 잡는 건 인정하지만, 현재의 자기와 바라는 모습 사이에 상당한 괴리감이 있다든가 본인의 포지셔닝을 아예 부인하고 객관적으로 받아들이지 않는다면 문제가 생기기 시작한다.

그들이 왜 그럴까 곰곰이 생각해보니 문제는 주변 사람들에 있었다. 소위 말해 뜨거나, 사람들이 알아보기 시작하면 주변에는 온통 칭찬하는 사람만 늘어난다. 게다가 본인의 스태프들이 종일 옆에 따라다니며 혹여 배우가 조금이라도 부당한 대우나 부정적인 평가를 받으면 방어막을 치고 보호해준다. 그 사람들이 이상한 거라면서 말이다. 그렇게 달콤한 칭찬에 젖어들기 시작하면 현장에서도 촬영이 끝나기가 무섭게 본인 스태프하고만 어울리기 시작한다. 항상 좋은 말만 해주는 가족 같은 스태프들이니 얼마나 편하겠는가. 결국 그 편한 가족들 때문에 눈이 멀고 귀가 닫히기 시작한다.

사람들은 배우에게 늘 좋은 점만 말해준다. TV나 스크린으로 볼 때는 연기를 못한다며 욕하고, 별의별 이유로 싫어하다가도 막상 직접 만나면 잘 보고 있다면서 사진을 찍어달라는 게 대중이다. 업계 관계자 역시 마찬가지다. 예를 들어, 시사회 때는 불문율이 있다. 특히 VIP 시사회가 끝나고 영화에 대해 물으면 영화가 별로여도 잘 봤다 하고 좋은 점만 말해주려 한다. 조금 괜찮다 싶으면 엄지손가락을 치켜들 정도로 약간 과잉 표현을 하는데, 그건 이제 막 개봉을 앞둔 영화에 대한 일종의 격려이자 응원이기도 하다. 감독과 배우들이 모두 있는 자리에서 그 영화의 단점을 조목조목 지적하는 경우는 한 번도 본 적이 없다. 결과야 어찌 됐든 영화 한 편이 나오기까지 고생했을 감독과 배우 그리고 스태프에 대한 예의 때문인 것이다.

주변의 칭찬은 70%만 받아들여라. 유명해질수록 칭찬은 늘어나고, 그 칭찬의 진정성은 떨어지는 법이다. 당신에게 팬이라고 말하는 사람들은 동시에 다른 누군가의 팬이기도 하고, 연예인을 만났을 때 으레 그런 말을 하는 사람일 수도 있다.

그뿐만 아니라 주변에 정말 있는 그대로 조언하고 직언할 수 있는 친구를 만들어라. 그게 매니저이면 좋겠지만 매니저도 본인의 배우만 최고라고 생각할 수 있으니 가능하면 전혀 이해관계가 없는 편이 나을 수도 있다.

스스로 낮추는 배우는 신인이든 주인공이든, 후배든 선배든 어디에서나 인정받게 돼 있다. 사람들이 어떻게 당신을 우러러볼지를 기대하지 말고, 어떻게 하면 당신을 더욱 낮추고 훌륭한 선배들의 뒤를 따를지를 연구해라. 지금 우리가 인정하는 배우들은 대부분 본인 스스로 아직도 부족하고 배워야 할 게 많다고 믿고 계속해서 선배들을 동경하며 스스로 낮춘다. 이 점이 성공한 배우들의 공통점이다. 그리고 그것이 성공과 실패를 가르는 경계점이기도 하다. ⓨ

# ★
# 떠나는 뒷모습이 아름다워야 하는 이유

작품이 끝날 때도, 소속사와 이별을 할 때도 마무리를 잘해야 한다. 내일부터 안 보게 된다고, 오늘로 끝이라고 생각한다면 큰 착각이다. 이 업계는 너무 좁고 좁아서 오늘 원수였던 사람이 내일 동료가 될 수도 있다. 회사를 옮길 때도 한 배를 탔던 매니저에게 진심으로 감사의 마음을 전해야 한다. 설령 그 매니저에게 부족한 면이 있었거나, 서로 맞지 않는다고 판단했을지라도 당신을 위해 밤낮없이 뛰어다니며 고생했을 매니저다.

종종 소속사를 옮긴 배우가 이전 회사의 대표를 욕하거나, 반대로 대표가 전 소속배우를 욕하는 경우가 있는데 그것만큼 안타깝고 보기 안좋은 경우가 없다. 어떤 이유로 헤어졌든 한때 서로를 믿고 신뢰하던 사이였다면 이별하고 나서도 진심으로 응원해주고 잘되길 바라는 게 훨씬 보기 좋다. 정말 마음이 떠났다 하더라도 그 불편한 마음은 혼자만 갖고 있는 편이 낫다.

끝까지 최선을 다하는 모습을 보여야 한다. 어차피 헤어질 거라고 군이 보여주지 않아도 되는 바닥까지 드러내는 순간 둘의 관계는 정말 거기서 끝이 나게 된다. 인연은 끊임없이 이어져 있다. 잠깐의 이별은 있지만 영원한 이별은 없다. 이것이 떠나는 뒷모습이 더욱 아름다워야 하는 이유다. Ⓨ

# 거절에도 도리가 있다

우리는 살아가면서 누군가의 부탁에 거절해야 하는 많은 순간들을 마주하게 된다. 배우는 직업 특성상 더 그런 일이 많다. 인지도가 높아지고 할 수 있는 일이 많아질수록 주변의 기대도 높아지고 동시에 거절해야 할 상황도 많아진다. 평범한 우리에게는 아무렇지도 않을 수 있지만, 배우들에겐 쉬운 일이 아닐 때가 많다.

밥 먹고 있는데 다짜고짜 사인해달라는 사람들, 술 한잔 마셔서 얼굴이 빨개져 있는데도 사진을 찍겠다고 다짜고짜 카메라를 들이미는 사람들… 그런데도 예의를 지켜야만 하는 배우들을 보면 연예인으로 살아간다는 게 참 딱하기도 하다.

이뿐만이 아니다. 일을 하다 보면 작품은 물론 행사 참석 의뢰 등 정말 많은 부탁을 받지만, 모든 걸 해줄 수는 없기에 누군가에게는 거절해야 하는 때가 꼭 온다. 한 번 만나고 안 볼 사람이라면 몰라도 좁은 이 바닥에서 매몰차게 거절한다는 건 여간 힘든 일이 아니다.

거절할 때는 거절하더라도 성의 있게 거절해야 한다. 부탁하는 이들은 당연히 부탁을 들어주기를 간절히 바라겠지만, 설사 거절당한다 하더라도 성의 있는 답변을 원한다.

특히 작품 제안이나 부탁에는 더더욱 신경 써야 한다. 제작자들에게 작품은 자기 자식과 다름없다. 그만큼 많은 돈과 시간, 노력 등 모든 걸 쏟아붓는다. 그렇게 탄생한 작품을 가지고 설레는 마음으로 배우들에게 찾아가는 것이다. 그런데 만일 배우로부터 고민의 흔적조차 없는 건조한 대답을 듣는다면, 그를 향한 섭섭함이 어떻게 되돌아갈지는 아무도 모른다.

거절을 위해 거짓말을 하라는 건 절대 아니다. 다만, 진심으로 고민했으면 한다. 그다음에 솔직히 얘기하면 된다. 꼭 말로 해라. 문자 메시지로 거절하는 것은 진심으로, 정말로, 최악이다. 거절에 성의를 담아보자. 그렇다면 적어도 사람을 잃지는 않을 것이라 확신한다. 배우로 길게 롱런하고 싶은가? 잊지 말자. 사람이 보험이다. Ⓚ

# ★
# 작품 보는 눈까지 착해선 안 된다

배우에게 요구되는 자질 중에 빼놓을 수 없는 게 바로 '인성'이다. 인격이 때로는 연기력을 이긴다고 언급한 적이 있듯 어차피 사람이 하는 일이기 때문에 성품이 좋은 배우에게 조금이라도 더 잘해주고 싶은 게 인지상정이다. 그렇기 때문에 인정받는 훌륭한 선배들도, 매니지먼트사도 신인에게 배우이기 이전에 먼저 사람이 되라고 강조한다.

그런데 주변을 보면 인성이 정말 안 좋은데도 배우로 잘나가거나, 반대로 한없이 착한데 배우로서 인정받지 못하는 경우도 많다. 물론 배우로서 갖춰야 할 첫 번째는 연기력이나 매력이지만, 평상시 됨됨이나 자세를 놓고 봤을 때 더욱 훌륭한 자질을 갖췄는데도 인정받지 못하는 이들을 볼 때면 안타깝다.

얼마 전 배우 한 명이 찾아와서 소속사 이적 문제로 상담을 했다. 나름 영화와 드라마 주인공까지 하며 잘나갔던 배우인데 군대 제대 후 이렇다 할 결과물이 없어 지금은 예전만큼 인기가 없는 사람이었다. 무엇보다 성품이 좋아서 함께 작업했던 배우나 제작진도 인정할 만큼 착한 배우였다. 그 배우에게 현재 회사의 문제점과 지금까지 일을 하면서 느꼈던 부분 등에 대해 솔직한 얘기를 듣다 보니 왜 예전만큼 뜨지 못했는지 알 수 있을 것 같았다. 그 배우도, 회사 대표도 너무 착해서였다. 그게 이유였다.

배우와 매니저 둘 다 착하다 보니 작품을 거절하지 못 한다. 감독이 직접 배우에게 전화를 하면 의리 때문에 흔쾌히 수락하고, 혹여 누군가 매니저에게 통사정하면 일단 배우를 잘 설득해 보겠다 하고, 그걸 들은 배우는 거절을 못해서 또 수락하고… 그러다 보니 캐릭터도 맞지 않고 완성도도 떨어지는 작품에 들어가게 되었던 것이다. 결과가 좋지 않으면 그들은 애써 서로 위안하며 이번 작품은 운이 없었고 다음 작품에서 다시 잘해보자고 의기투합을 했다. 하지만 그런 작품 한두 개가 배우의 수명과 인기를 떨어뜨린다는 사실을 놓치면 안 된다.

착하다고 작품을 보는 눈까지 착해서는 안 된다. 작품은 눈에 보이는 것뿐만 아니라 보이지 않는 것도 예리하게 찾아낼 정도로 집중해서 정확히 분석하고, 고민하고, 판단해야 한다. 작품을 볼 때 의리나 이해관계가 끼어 있으면 안 된다. 작품 한 편의 결과에 따라 배우의 몸값은 물론 미래가 좌지우지되기 때문에 항상 자신의 포트폴리오에 신중할 필요가 있다.

배우는 영악해야 한다. 특히 작품을 보는 눈에 있어서는. 철저히 자기중심으로 생각해야 한다. 내가 잘할 수 있는지 없는지, 또 작품이 나왔을 때 득실에 대해서도 확실하게 검토해서 판단해야 한다. 배우가 그런 판단을 잘 못한다면 매니저라도 독하게 그 부분을 정리해줘야 한다. 착하기만 한 배우가 되지 말자. 차라리 영악한 배우가 되자. 어차피 기본적으로 인성을 갖춘 그대라면. ⓨ

Interview

# 영화배우 박성웅

## 도전하면 확률 50%, 안 하면 0%

법대를 다니다가 정말 맨땅에 헤딩하듯이 시작했어요. 97년도 1월 1일부터였으니 이젠 19년이 된 거죠. 내가 몇십 년을 연기만 해야겠다는 다짐 같은 건 없었어요. 그냥 매 순간 충실하자고 생각했죠. 제가 격언집 같은 걸 좋아하는데요, 무슨 일이든 밑바닥에서부터 시작해야 그 일에서 성공할 수 있다, 그런 글귀가 와 닿더라고요. 처음 했던 영화가 〈넘버 3〉 엑스트라였는데 일당이 3만5천 원이었어요. 그것만으로도 너무 좋았죠. 좋아서 갔는데 돈까지 주잖아요. (웃음) 힘들었던 건 사실이에요. 하지만 배우가 되어야겠다는 마음으로 갔으니까, 조감독이 부르면 제일 먼저 뛰어가고 밤을 새워 대기해도 당연한 걸로 생각했죠. 10여 명의 엑스트라가 죽은 척 쓰러져 있는데, 그중에 저도 한 명이었어요. 주인공이 대사를 하면 어느 순간 저도 그걸 외우고 있었어요. '나도 저거 할 수 있는데…' 하면서. 그런 경험들이 지금의 저를 만들어준 것 같아요. 사실 저는 배우가 되는 방법을 몰라서 엄청 오래 엑스트라를 했어요. 그러다가 액션스쿨에 들어갔고, 실력을 키우자는 마음으로 갔던 게 대학로였어요. 부모님께는 말씀을 못 드렸죠. 아버지가 워낙 고지식하시거든요. 그러다가 공연 티켓을 드리면서 "아버지 저 실은 이거 하고 있습니다" 했더니 문을 닫고 그냥 나가시더라고요. (웃음) 근데 공연은 보러 오셨어요. 보신 후에 "후회 안 할 자신 있느냐" 물으시더라고요. "절대 후회 안 합니다, 저는. 누가 떠밀어서 온 것도 아니고요"라고 말씀드렸죠. 그러다 나중에 〈태왕사신기〉 때는 방송 나오면 아버지가 주변에 전화를 돌리시더라고요, "야, 거기 주무치가 우리 아들이야, 인마"(웃음) 그때 정말 뿌듯했어요.

## 오디션 합격 100%의 비결

대학로에서 연극을 시작했던 게 2000년도였어요. 2인극이었는데, 여배우가 벗는 연극이었어요. 저는 남자주인공이 한 달에 두 번 쉬면 그때 대신하는 남자주인공 서브로 들어갔고요. 그래도 주인공보다 대본도 먼저 외우고, 열심히 했더니 작가님이 좋게 보셨어요. 첫날 첫 공연이 1월 1일이었는데 하루에 공연이 네 개였거든요. 그런데 작가님이 첫 번째와 세 번째 공연을 저보고 올라가라는 거예요. 두 번째 네 번째에 주인공더러 올라가라 하고. 상대 여배우가 따졌어요. 어떻게 서브로 들어온 사람에게 첫 번째 공연을 맡길 수가 있냐. 작가님이 "너도 연습해봐서 알잖아" 하시더라고요. 그날 공연 끝나고 미팅을 하는데 작가님이 "이번 주는 성웅 씨가 간다. 누구누구 씨 연습 더 하세요". 그래서 석 달 동안 제가 혼자 다했어요. 100명 정도 들어오는 소극장이었는데 꽉꽉 계속 차더라고요. 계속 공연을 한 덕분에 자연스럽게 연기도 꾸준히 할 수 있었죠.

그때 처음으로 관객들을 보면서 애드리브 쳐본 적이 있는데요. 관객 반응이 바로 오니까 너무 재밌는 거예요. 그래서 오디션 보러 갈 때마다 조감독 얼굴 보고, 눈 보고 연기했어요. 관객들한테 하는 것과 똑같이. 놀라는 모습 보니까 재밌더라고요. 그때부터 눈을 보면서 연기를 하기 시작한 거예요. 감독이면 감독, 누구든 다 눈을 보면서. 자신감이 정말 이만큼 충만했던 시기였어요. 그땐 오디션 보면 다 합격했어요. (웃음)

### 아무것도 안 하면 아무 일도 일어나지 않는다

제가 액션스쿨 1기예요. 그때 액션 영화는 모두 서울액션스쿨에서 맡았어요. 〈반칙왕〉 팀이 촬영 들어가기 한 달 전부터 액션스쿨에서 훈련을 받는데, 그게 너무 부러웠어요. 훈련을 50분 하고 10분 정도 쉬는 시간이 있었는데, 갑자기 이상한 용기가 났어요. 송강호 선배가 쉬고 있는데 가서 "안녕하십니까, 저는 액션스쿨 1기 박성웅이라고 합니다. 저는 배우를 지망하는, 그래서 여기에 연기와 액션을 배우려고 온 학생입니다. 선배님! 반칙왕 오디션 보고 싶은데 어떻게 하면 됩니까?" 그랬더니 "어어, 잠깐만 있어 봐" 하고는 바로 전화를 하시는 거예요. (웃음) 여기 동생 하나 오디션 보게 해달라고요. 그래서 오디션을 보고, 합격해서 체육사 양아치 주인으로 캐스팅됐어요. 너무 일사천리로 진행되니까 당황스럽더라고요.

촬영 날, 그 장면이 끝나고 나서 김지운 감독님이 "액션스쿨 1기라며." "예." "한 번 더 나와." "네!" 〈반칙왕〉 보면 강호 형님이 꿈에 엘비스 프레슬리 복장으로 춤추며 노래하는데, 갑자기 링 반대쪽에서 복면 레슬러가 나오는 장면이 있어요. 그게 저예요. 1인 2역을 해야 하는데 얼굴이 나오면 안 되니까. 얼굴은 안 나오고 엄청 맞았죠. (웃음) 그 일로 인해 저에게 남은 교훈이 '도전하거나 말하면 확률은 50%, 안 하면 0%'라는 거예요. 그걸 지금 제 제자들한테도 말해요. 제가 그때 송강호 선배에게 얘기를 안 했다면 출연도 못했겠죠.

### 10년 하면 된다

액션스쿨 다닐 때 같이 트레이닝을 받던 김수로 선배가 그런 얘기를 하더라고요. 나도 10년 해서 〈주유소 습격사건〉이 됐다고. 저는 그때 3년 차인가 그랬는데 "예, 선배님 알겠습니다" 해놓고는 속으로 '뭐? 나보고 7년을 더 하라고? 말도 안 돼. 두고 보세요 선배님. 제가 3~4년 뒤에 보란 듯이 성공할 겁니다' 했는데 〈태왕사신기〉가 딱 10년째였어요. (웃음) 10년만 하라는 얘기가 이제 무슨 말인지 알겠어요. 어디 가서 10년을 하면 그 바닥에서 달인이 되거든요. 근데 중도에 포기하면 다른 분야로 가서 또다시 0부터 시작해야 되잖아요.

후배들을 보면 어떻게든 이끌어주고 싶어요. 열정이 있고, 능력이 있고, 인간적인 면도 괜찮다 싶으면 영화 들어갈 때마다 후배들에게 오디션 기회를 줘요. 제작사 대표나 감독님께 말해서 "이 친구 오디션 보게 해달라, 어디까지나 소개하는 거지, 나 때문에 무조건 캐스팅하는 건 안 된다"고 말씀드리죠. 후배들이 나중에 보은하겠다고 하면 저는 그래요. "나는 내가 알아서 잘할 테니 너 잘됐을 때 후배들한테 내리 사랑해라. 그럼 우리 한국 영화가 발전하는 거고, 우리도 같이 발전하는 거다."

## 재능이 없는 사람은 없다

능력이 안 보이는 것 같아도 자기만의 것은 분명 하나라도 있어요. 트레이닝하고 연습한다고 개성이 만들어지는 것은 아니지만, 노력해서 찾아낼 수는 있죠. 요즘은 예전과 달라서 개성파 배우들도 많잖아요. 오광록 선배라든가 송새벽, 김대명 같은 배우들을 봐도 알 수 있죠. 전형화된 배우가 아니라 자신만의 색깔을 살린 연기를 하는 배우들 말이에요. 그런 면에서 저는 한석규 선배가 연기 트렌드를 바꿨다고 생각해요. 〈초록물고기〉에서 막둥이, 그전까지만 해도 왠지 만들어진 것 같은 연기 같은 게 있었는데 석규 선배는 너무 자연스러운 거죠. 이제는 더욱더 업그레이드되었죠. 〈미생〉 이성민 선배 보면서 대단하다 싶었어요.

## 배우라면 갖춰야 할 기본

일단 배우로서 갖춰야 될 기본은 '인성'인 것 같아요. 제 가치관은 그래요. 배우이기 전에 사람이 되는 게 우선이죠. 물론 연기를 엄청 잘하는데 인간성이 별로다. 그런 것도 상관은 없어요. 이 사람은 어차피 배우니까. 단지 제 가치관은 인성을 중요시하는 편이에요. 그리고 신인 때 제가 좀 어둡게 지내서 그런지 몰라도, 좀 밝았으면 좋겠어요. 밝게, 그게보기도 좋죠. 저는 열정에 독기만 가득 있어서 웃지를 않았어요. 현장에가면 서너 마디밖에 안 하니까 주변에 아무도 없었죠. 7~8년쯤 되었을때, 그때쯤부터 융통성 있게 하기 시작했어요. 지금은 많이 웃죠.

## 후배들에게 하고 싶은 한마디

힘들 때마다 계속 격언집 같은 걸 들고 다니면서 읽었어요. 그 격언집 때문에 버틸 수 있었어요. 격언집을 읽다가 정말 와 닿는 말이 있으면 메모장에 따로 적어서, 그 메모장을 항상 뒤쪽 포켓에다 넣고 다니고. 그중에서도 '해 뜨기 전이 가장 어둡다'는 말이 참 와 닿았어요. 제가 정말 힘들 때면 이제 곧 해가 뜰 때가 된 거다, 계속 그 생각을 했죠. 그리고 정말 후회 안 할 자신 있다면 노력하세요. 포기하지 말라고 얘기하고 싶어요. 포기하지 말라고. 자신의 신념을 쫓아서 끝까지 노력하면 돌아오는 것은 반드시 있을 거라고요.

해뜨기직전이
가장 어둡습니다
화이팅하세요
후배님들 ^^

박성호

15. 1. 19

**10**

# 이런 배우라면
# 캐스팅하고
# 싶다

# ★
# 평판이 좋은 배우

배우에게 꼬리표처럼 따라다니는 게 그 배우가 실제로는 어떻다더라 하는 '평판'이다. 관심과 주목을 받는 직업이다 보니 어디에서도 화제가 되고 소소한 부분도 입방아에 오르내릴 수밖에 없다. 특히 촬영 현장에서나 주변 스태프와의 일들이 회자되고 그 배우의 평판으로 이어지는 일도 많다.

놀라운 사실은 그런 말들이 돌고 돌아 쌓이고 쌓여 실제 그 배우를 캐스팅할 때 결정적인 영향을 미치기도 한다는 점이다. 캐스팅 회의를 하면 어떤 배우에 대해 자연스럽게 이야기를 나누게 되는데, 최근에 어떻고 누가 작품을 같이 했는데 어떻다더라 등의 말이 오가다가 "그럼 안 되겠네" 하고 리스트에서 제외하는 경우가 종종 생긴다. 사실 여부가 확인되지 않은 말일 수도 있지만 여러 사람에게서 공통적으로 그런 이야기가 나오면 그때부터 이른바 '카더라'는 배우의 평판이 되어버린다.

한 가지 재미있는 사실은 그런 말 중 대부분이 그 배우와 가장 가까운 사람에게서 흘러나온다는 것이다. 평판은 가장 가까운 사람에게서 비롯된다. 배우의 최측근이 "너만 알고 있어"라고 들려준 말은 곧 업계 관계자들이 다 아는 말이 되어버린다. 그런 얘기들은 어찌나 또 주변에 알려주고 싶어 하는지 전달되는 속도도 상상을 초월한다. 비단 어떤 특정 사건이나 이슈가 될 만한 일들만 말이 퍼져나가는 게 아니다. 평소 행동과 말 하나하나 역시 퍼져나가기 쉽다.

게다가 이 바닥은 정말 좁다. 생각지도 않았던 사람들이 서로 잘 아는 사이거나 별로 신경도 안 썼던 사람이 어느 순간 가까운 사이가 되기도 한다. 그래서 웬만해서는 누군가에게 미움을 받아서도, 적을 만들어서도 안 된다. 지금은 나와 상관없어 보이는 누군가가 내 평판을 만드는 사람이 될 수 있기 때문이다.

배우지망생들이나 신인도 예외는 아니다. 물론 유명한 배우만큼 말이 돌지는 않겠지만, 신인 때는 사소한 실수도 더욱 눈에 띄는 법이다. '내가 아직 유명하지 않으니 괜찮겠지'라는 생각은 금물이다. 작은 규모의 영화나 비중이 작은 역할이라고 해서 어느 정도만 하면 되겠지 하는 마음 역시 상당히 위험하다. 같이 일했던 스태프들과 언제, 어디서, 어떻게 만나게 될지 모르기 때문이다. 당신을 캐스팅하기 전에 함께 작업했던 스태프에게 당신에 대해 물어볼 수도 있다.

20대 때 드라마 주·조연급까지 오르고 어느 정도 주목받는 듯하다가 활동을 좀 쉬고는 이제 다시 오디션을 보러 다니는, 나이와 경력이 애매한 중고 신인들이 많다. 이들이 공통적으로 고백하는 게, 잘 풀린다고 생각했던 그때 최선을 다하지 않고 게을렀다는 거다. 그때는 정말 몰랐다고, 주변에서 그런 얘기를 해주는 사람도 없었다고 말이다. 당시에 본인은 몰랐겠지만 그런 자세와 행동이 주변에 점점 알려졌을 테고 캐스팅에 영향을 끼쳤을 수도 있다.

연기를 특별히 잘하지는 않는데 오래도록 TV나 영화에 출연하는 배우들이 있다. 어떻게 가능할까? PD나 감독이 그 배우가 연기를 못한다는 걸 몰라서 그럴까? 거기에는 이유가 있다. 그들은 성품과 인격으로 모자란 연기력을 채운다. 감독은 물론이고 막내 스태프까지 한 명 한 명 챙겨서 마음을 사로잡는다. 이런 행동이 하나둘 쌓여 입소문을 만들고 그 배우의 이름에 수식어처럼 따라다니게 되는 것이다.

어떤 작가나 감독은 그 배우를 안 쓰면 작품을 안 하겠다고 못 박는 경우도 있다. 그 말은 반대의 경우도 있다는 의미다.

평소가 중요하다. 지금 마음에 안 든다고 혹은 곧 있으면 끝난다고 제대로 하지 않아서 누군가에게 미운털이 박히면 결국 부메랑이 되어 날아온다. 이 업계에도 분명 의리나 인정이 있고 때로는 인격이 연기력을 이기기도 한다는 걸 잊지 마라. (물론 정말 연기를 잘하면 그걸로 모든 게 끝나기는 한다.)

평판은 하루아침에 만들어지지 않는다. 그만큼 평소에도 노력을 많이 해야 한다. 늘 긴장감 있게 절제하며 살아야 할 수도 있다. 그래서 배우라는 직업은 힘들다. 애써 오랫동안 잘 쌓아온 것도 한 번의 실수로 모두 날릴 수 있으니 말이다. 더구나 평판은 리셋되는 법이 없다. 그리고 회복하는 데에도 상당한 시간이 걸린다. 그러므로 처음부터 잘 관리해야 한다. 신인의 경우 오히려 처음에 각인된 이미지가 오래갈 수 있기에 초기부터 관리하는 게 좋다.

　지금 당신의 평판은 어떻다고 생각하는가? 다시 한 번 말하지만 평판은 멀리 있는 사람들이 지어낸 이야기가 아니다. 지금 당신 주변의 이야기이고, 당신과 평소 가장 많은 시간을 보내는 사람들과의 경험이 쌓여 만들어진 것이다. 당신이 매일 만나는 누군가는 서로 촘촘히 얽혀 있는 관계자 중 한 명일 수도 있다.

　평판은 내가 작정하고 만들어야겠다고 해서 생기는 것도 아니다. 평소 생활과 맞닿아 있는 부분이기 때문에 결국은 역시 평소의 자기관리일 수밖에 없다. 이것이 우리가 하루하루 더욱 충실히 살아야 하는 이유이기도 하다. ⓨ

# 나만의 아이덴티티가 있는 배우

우리 팀에 자주 들어오는 질문은 예를 들면 이런 식이다. "개를 좋아하는 20대 셀러브리티를 찾아주세요." "패션에 관심이 많고 MC 욕심을 내는 배우는 없나요?" "아이와 봉사활동하는 걸 좋아하는 연예인을 추천해주세요." 그렇기 때문에 평소 배우나 매니지먼트사와 미팅을 할 때도 다방면으로 유심히 보고 세세하게 물어보곤 한다.

아티스트가 자신의 분야가 아닌 다른 재능으로 인정받는 건 장기적으로 봤을 때도 긍정적인 부분 같다. 굳이 이효리의 오가닉 라이프나 GD의 패션과 같이 거창한 아이콘이 되라는 말이 아니다. '김진표' 하면 생각나는 '자동차'라든지, '박수진' 하면 떠오르는 '먹방' 같은 게 예가 될 수 있다. 이런 활동은 또 다른 분야의 팬들까지 끌어오며 호감도를 올리는 계기가 되기도 한다. 그로 인해 얻게 되는 CF나 행사는 덤이다.

나만의 브랜드를 만들어보면 어떨까? 우리는 더 이상 앤젤리나 졸리를 섹시한 여배우로만 기억하지 않는다. 그게 봉사활동 혹은 환경운동이나 유기견보호가 될 수도 있으며 아웃도어나 요가일 수도 있다. 이러한 활동을 통해 브랜드를 만들려면 꽤 오랜 시간 동안 노력해야 한다. 그렇기 때문에 억지로 하는 것이 아니라, 본인이 관심을 두고 즐길 수 있어야 한다.

　배우가 연기만 잘하면 된다고 생각할 수도 있다. 하지만 이미 많은 배우들이 연기 외에도 꾸준히 이러한 활동을 하면서 아이덴티티를 정립해나가고 있다. 단순히 유명세를 더 얻기 위해서거나 돈을 더 벌 욕심으로 하는 게 아니다. 취미 이상으로 자신을 드러낼 수 있는 분야가 있다는 건 배우에겐 분명한 장점이다. 그리고 대중은 그런 활동을 꾸준히 해온 배우를 더욱 높게 평가한다. 그것이 배우의 또 다른 면을 보여주는 매력이 될 수도 있기 때문이다. Ⓨ

## ★
# 현장에서 사랑받는 배우

당신이 꿈꾸는 촬영장의 모습을 떠올려보자. 촬영장비가 세팅 중이고 조명, 카메라, 분장 등 다양한 부분을 맡아 관리하는 감독과 스태프들이 촬영을 위해 분주하게 움직이고 있다. 이때 어떤 배우가 등장한다. 그리고 스태프들의 표정이 밝아진다. 사람들 얼굴에 웃음이 번지고 온기가 느껴지는 말을 그 배우와 한두 마디씩 나눈다. 배우가 등장하며 인해 힘들었던 촬영장의 분위기는 화사해졌다. 그야말로 촬영장의 꽃과 같은 존재이다.

반면, 등장과 퇴장 모두 존재감 없는 배우도 있다. 조명 불빛이 꺼지자마자 공기와 같은 무의미한 존재로 뒤바뀌는 이 배우는 촬영장에서 전혀 빛을 발하지 못한다. 이 둘의 차이는 무엇일까. 당신이라면 어떤 배우가 되고 싶은가?

물론, 모든 배우는 현장에서 사랑받고 싶어 한다. 함께 일하는 사람들과 좋은 관계를 맺고 기쁜 마음으로 일하고 싶은 마음은 당연한 것이다. 아마 신인이라면 더욱 그럴 것이다. 그렇다면 방법은 무엇인가?

**첫째, 당신이 먼저 다가서라.** 쉬운 일 같지만 의외로 현장에서 그러지 못하는 배우들이 많다. 낯을 많이 가리는 것도 충분히 이해한다. 하지만 본인이 짊어지고 가야 할 소문은 생각보다 많아지고, 당신이 예상하는 것보다 오래갈 것이다. 잊지 마라. 스태프들은 먼저 다가오는 배우에게 관대하다.

**둘째, 사람을 가리지 마라.** 촬영장에 가면 감독을 비롯해 촬영감독, 조명감독 등 많은 감독들이 있다. 그런데 감독한테는 최선을 다하지만, 스태프들에게는 소홀히 대하는 배우들이 많다. 그렇게 하면 당연히 스태프들에게는 이미지가 안 좋게 남을 수밖에 없다. 명심해라. 우습게 생각했던 그 스태프들이 몇 년 뒤 어떤 사람이 되어 있을지 아무도 모른다. 스태프들의 입에서 입으로 전하는 배우의 이미지는 생각보다 많은 이들이 공유하게 된다. 때로는 캐스팅에 절대적인 영향을 끼칠 수도 있다.

**셋째, 스태프의 이름을 불러줘라.** 누군가 이름을 기억한다는 건 관심의 표시다. 스태프들의 이름을 기억해 불러준다면 당신은 오랫동안 그들에게 친근한 이미지로 남을 것이다.

현장은 스태프보다 배우가 우선시되는 곳이다. 그걸 너무 당연하게 받아들인다면 훗날 꼭 후회할 일이 생긴다. 다 같이 고생하는 현장에서 배우가 먼저 활력소가 되어준다면 현장 분위기는 좋을 수밖에 없고 작품 또한 그 결과가 좋다. Ⓚ

# 자기관리를 잘하는 배우

연예인 중 하루 평균 한두 명은 온라인의 도마 위에 오른다. 예전 같으면 발 빠르게 수습해서 사태를 모면했겠지만, 요즘은 누리꾼 수사대와 SNS 그리고 CCTV 때문에 꼼짝없이 시인하는 경우가 대부분이다.

연예인이라는 직업은 단 한 번의 실수로 하루아침에 실직자가 될 수도 있고, 심각한 경우에는 재기조차 불가능할 수 있다. 술을 과하게 마시거나, 주사를 부리거나, 동네 사람과 시비가 붙거나, 부부싸움을 하는 건 누구나 살다 보면 겪을 수 있는 일이다. 하지만 연예인에게는 생사를 위협할 만큼 어마어마한 폭탄이 될 수 있다. 대중의 인기를 누리다가 한순간 모두가 등을 돌릴 때 기분은 어떨까? 게다가 가족들이 겪게 되는 불명예와 고통은? 그 인기를 얻기까지 오랜 기간 절제하고 노력하고 살아온 걸 생각하면 얼마나 허무할까 싶기도 하다.

물론 높은 개런티를 받고 그만큼 대접받고 살기 때문에 그리고 대중의 사랑과 인기가 곧 개런티의 척도가 되기 때문에 당연한 결과라 생각할 수도 있다. 사람들이 선망의 대상으로 바라보는 위치에 이르면 그만큼 인생에서 포기해야 할 부분이 커진다. 그뿐만 아니라 인기 속에 날카로운 칼날을 숨어 있다는 걸 알고, 끊임없이 절제하고 자리 관리를 해야만 한다. 대중은 믿었던 연예인일수록 배신감을 느끼고 그에 대한 응징과 따돌림도 더 심하게 한다.

스타를 꿈꾼다면 스타로서 응당 얻는 것과 누려야 할 것만 생각하지 말고 포기해야 하는 것도 꼭 생각해보기를 바란다. 물론 지금은 이런 말이 배부른 소리라고, 한 번이라도 그랬으면 좋겠다고 생각할 수도 있겠지만 미리 마음의 준비를 하는 편이 좋다. 그런 실수를 하는 사람들 대부분은 자신이 그런 나락으로 떨어지리라고는 상상조차 안 한 사람들이다. 정상의 자리에 섰을 때도 '이전에도 그랬는데 괜찮았어'라는 안일한 생각을 하면 모든 걸 망칠 수 있다. 이런 건 결국 사고를 저지른 후에야 실감한다. 꼭 기억하기를 바란다. 평소의 잘못된 습관 하나가 모든 걸 망칠 수도 있다는 사실을. Ⓚ

영화, 드라마, 스타일과 예능 채널, 그 외에도 각종 행사까지 분야를 넘나들며 캐스팅에 참여하다 보니 캐스팅 회의만도 하루에 두세 번은 있다. 이때 콘텐츠에 상관없이 소위 말해 요즘 핫한 친구들은 거의 매일 언급되는데, 마치 수능점수별로 진학 가능 대학을 구분하듯 자주 언급되는 순서대로 자연스럽게 그룹이 만들어진다. "A그룹에 먼저 제안해보고 안 되면 B그룹으로 가시죠." 그렇게 위시리스트를 정하고 A그룹부터 차근차근 캐스팅을 시작하는 것이다.

그런데 최근에 많은 변화가 생겼다. 불과 얼마 전까지 C그룹에 있었던 친구가 몇 달도 안 되어 A그룹에 합류하는가 하면 부동의 A그룹 지킴이가 어느새 B그룹, C그룹에 가 있기도 한다. 주인공을 하기에는 뭔가 부족해 보이던 이들이 하나둘씩 주연 자리를 꿰차고, 신인이 주인공으로 발탁되는 사례도 늘었다. 아마 최근 tvN 드라마를 본 사람들이라면 이러한 변화를 느꼈을 것이다. 이렇게 배우의 인기등락 폭이 크고 변화의 속도가 빠를 때 캐스팅의 가장 중요한 잣대가 되는 것 중 하나가 '신선한가, 아니면 올드한가'이다.

신선함과 올드함. 그 차이를 한 문장으로 설명하기는 어렵다. 하지만 캐스팅 회의에서 그 사람이 신선한지, 올드한지 질문을 던지면 대부분 의견이 하나로 수렴된다. 여러 명에게 물어볼수록 결과는 더욱 확실해진다. 어찌 보면 참 무서운 일이다. 이제는 시청자나 관객의 판단이 그만큼 빠르고 냉정해진 거다. 감독이나 PD, 캐스팅 담당자가 그 변화의 속도를 따라가지 못하면 바로 작품이 올드해지고 외면받게 된다.

그렇다면 과연 무엇이 '신선함'의 기준일까? 단순히 뉴페이스나 기존에 없던 새로운 유형의 배우를 말하는 건 아니다. 일례로 정우나 이유리 같은 배우는 중고 배우에 가까웠지만, 작품을 통해 마치 리뉴얼하듯 신선한 배우가 되기도 했다. 그게 단순히 작품이 잘 되어서, 혹은 캐릭터가 매력적이어서 그런 거라고 생각하지 않는다. 그 몫은 철저히 배우의 마인드와 노력에 의해 결정된 것이다.

많은 매니지먼트 대표들이 쓰는 말 중에 '때를 벗겨야 한다'는 표현이 있다. 군대에 갔다 오거나 휴식 기간이 길거나 혹은 대중에게 인식된 이미지가 지나치게 편향적일 경우 하는 얘기이다. 원하는 이미지를 얻기 위해 변화해야 한다는 거다. 하지만 때를 벗기는 과정은 쉽지 않다.

누구도 기대하지 않던 배우가 어느 순간 주목받고 '신선'하다고 평을 듣는다면 그만큼 배우가 보이지 않는 곳에서도 노력했기 때문이고, 본인 스스로 언젠가 된다는 믿음을 가지고 담금질을 해왔기 때문이다. 그렇다면 신선한 배우가 되려면 어떤 노력을 해야 될까?

운동을 꾸준히 하면 어느 순간 체형이 바뀌어 옷맵시가 살아나듯 연기도 마찬가지이다. 똑같이 웃어도 왠지 더 멋있어 보이는 건 매일 거울을 보며 수십 번씩 웃는 연습을 했기 때문이고, 주변 사람들에게 그 웃음을 계속 보여왔기 때문이다. 마치 '1만 시간의 법칙'처럼 하루하루 느끼지 못하는 작은 변화가 쌓여 어느 순간 임계점에 도달하게 되고, 그 지점이 신선함과 올드함을 구분하는 경계가 된다.

작품 탓, 캐릭터 탓할 필요 없다. 준비된 사람은 작품이 망해도 빛이 나고, 아무리 비중이 작고 캐릭터가 별로여도 살려낸다. 그리고 그걸 알아주는 사람이 어딘가 반드시 있다. 예전에는 감독이나 PD 같은 전문가만 발견하고 알아줬지만, 이제는 시청자와 관객이 먼저 알아준다. 그러니 지금 어디에서 누구와 함께 작품을 하든 혹은 준비를 하든 결코 가볍게 흘려보내지 마라. 주변 사람들이 당신을 평가하는 게 곧 관객의 평가이자 캐스팅 담당자들의 평가다. 신선하다는 평을 들어야 한다. 생각보다 신선하다는 평을 듣는 게 얼마나 어려운 일인지 알게 될 거다. ⓨ

# ★ 캐스팅에서 빠지는 이유

캐스팅은 대개 '뽑히는' 것이라고 생각한다. 하지만 실은 이런저런 이유로 누군가를 끊임없이 '빼는' 작업에 가깝다. 요즘 영화나 드라마 캐스팅 회의에서 누군가 혼자 결정하는 일은 거의 없다. 전혀 없다고 봐도 된다. 누군가가 거론되면 그 탁자 위에서 각자 의견을 내놓는데, 추천이나 긍정적인 의견보다는 부정적인 의견부터 먼저 수렴된다.

이때 "이런 연기가 안 돼요", "전에 이거 찍을 때 현장에서 그랬대요", "요즘 얼굴이 또 바뀌고 이상해졌대요" 등 좋지 않은 평판이나 언급이 나오면 바로 제외되는 경우가 많다. 때로는 사실 여부도 중요치 않다. 소위 말하는 '카더라 통신'에도 귀가 솔깃해진다. 이는 리스크를 줄여나가기 위해서이기도 하다. 이런 과정을 거치기 때문에 압도적인 지지를 받고 일부에서 혹평을 받는 경우보다, 반대하는 사람 없이 골고루 찬성하는 쪽이 캐스팅될 확률이 높다.

나 역시도 누군가를 추천하기도 하지만 확실하게 빼는 일도 꽤 많이 한다. 그게 평판일 수도 있고, 연기력일 수도 있고, 회사나 매니저 때문일 수도 있다. 그리고 제작진들도 그런 부분을 가장 많이 물어본다. 누군가에게 붙은 꼬리표는 꽤 오래간다. 종종 어느 배우의 이름이 거론되면 10년도 넘은 일인데도 감독이나 피디가 손사래 치며 빼달라고 하는 경우도 많다.

한번 프레임을 바꿔 생각해보자. 캐스팅되기 위한 조건이 아니라, 어떤 이유로 캐스팅에서 제외되는지 그 이유에도 주목해보자. 또 다른 방법이 보일 수도 있다. ⓥ

# CJ E&M 한국영화사업본부장 권미경

## 기회는 쉽게 오지 않고, 온 기회는 놓치기 쉽다

'배우를 캐스팅한다'기보다는 '캐릭터를 캐스팅한다'고 생각해요. 어떤 배우의 평소 이미지와는 다를지라도, 그 캐릭터가 숨어 있을 수도 있거든요. 대중이 아는 이미지를 깨는 베팅을 하는 거죠. 늘 우울한 이미지의 연기를 해온 배우에게 로맨틱 코미디가 어울릴 수 있느냐 묻는다면, 결과적으론 어울릴 수도 있다고 보는 거죠. 저한테 배우가 뭐냐고 묻는다면, 계속 변신하는 게 배우라고 대답할 것 같아요. 거지에서 왕자까지, 음악가에서 발레리나까지, 계속 변신을 할 수 있도록 부족함 없이 준비해야 하는 것이 배우가 아닐까 생각해요. 어떤 배우의 필모그래피만 잘라서 붙여도 하나의 영화가 나온다는 말을 하기도 해요. 처음부터 끝까지 같은 역할만 한 거죠. 그런데 어떤 배우는 잘라 붙이면, 전혀 얘기가 안 이어지죠. 정말 역할의 변화가 심해서요. 저는 변신과 변모가 있는 배우들이 더 좋지 않을까 생각해요. 관객들도 그것을 원하고요.

## 톱스타의 자리에 오른 배우들의 공통점

일단, 촬영에 임하는 직업의식이 투철하죠. 스스로 판단하기에 감정적으로 중요한 장면이라고 생각하면 절대 대역을 안 쓰기도 하고, 저희가 혀를 내두를 정도로 치열한 분들이 있어요. 철저하게 자기관리도 하고요. 예를 들어 노출이 필요하다면 몇 개월 전부터 몸만들기에 들어가요. 다 같이 저녁식사 하는 자리인데도, 닭가슴살만 먹고요. 저는 마음이 약해서 뭘 결심을 해도 잘 못 지키는데, 톱 배우들이 자기관리하는 것을 보면 정말 놀라워요. 몸 관리나, 감정 조절하는 거. 슬픈 장면이 있으면 감정을 잡기 위해 며칠 전부터 준비하기도 하고요.

〈국제시장〉에 이산가족 찾기에서 막순이를 만나는 장면이 있어요. 그 촬영 날이었는데 황정민 씨랑 막순 역을 맡은 최 스텔라 김 씨는 그 전에 만난 적이 없었거든요. PD가 황정민 씨한테 막순 역 맡은 분을 소개해드리겠다 했더니 촬영 끝나고 만나면 좋겠다고, 정말 처음 보는 게 좋겠다고 하는 거예요. 그 장면은 현장감을 살리기 위해서 막순이가 있는 방에 카메라를 설치하고 그 전선을 따서 황정민 씨가 앉은 모니터에 연결해서 찍었어요. 황정민 씨는 정말로 처음 본 여자가 저기 있고, 그녀는 내가 평생 미안해한 동생이라는 감정으로 연기한 거예요. 현장 분위기도 모두 울컥했죠. 관객들이 그 장면에서 제일 많이 울어요. 굉장히 중요한 장면이었는데, 참 대단한 것 같아요. 그 정도로 철저한 거죠. 보통은 인사하라고 하면 "아, 네" 하고 말 텐데, 황정민 씨는 그 장면의 감정을 위해 철저히 한 거죠. 그렇게 장면 하나하나 모두 디테일하게 계산하고 프로페셔널하게 임하는 걸 보면 왜 이 배우가 저 자리에 있게 되었는지 알 수 있죠. 현장에서 감독한테 대사나 동선 변화를 제안하는 식으로 매우 능동적으로 의견을 내는 배우들도 있어요. 물론 지나치면 분위기가 어두워지는 경우도 있지만요. 그럼에도 불구하고, 수동적이기보다 끊임없이 아이디어를 내고 고민하면 그게 결과적으로 영화를 더 좋게 만드는 것 같더라고요.

류승룡 씨 같은 경우는 본인이 이거 해보자 저거 해보자며 직접 마케팅 아이디어도 내요. 이런 일도 있었어요. 류승룡 씨가 주연한 영화랑 또 다른 한국 영화가 같은 날 개봉한 거예요. 그런데 개봉 첫 주에 그 영화에 관객이 더 들었거든요. 본인이 어떻게 해야 할지 고민했나 봐요. 그러더니 "내가 무대 인사를 다니니 표도 직접 팔겠다" 하더라고요. 그래서 정말 매표소에서 표를 팔았어요. 그 정도로 자신의 영화에 애착이 큰 사람이었어요. 영화가 잘 안 되면 배우들은 대부분 꼬리를 감춰요. 그런데 배우가 그렇게 열심히 뛰니까 마케팅 직원들도 힘이 났죠. 류승룡 씨는 마케팅 부서 직원들, 스태프들도 챙기기로 유명해요. 예전에 얘기했던 걸 기억하고는 다음에 만났을 때 물어보기도 하고요. 그래서 스태프들에게 인기가 좋죠. 촬영 현장에서도 열심히 임하지만, 마케팅까지 애쓰는 걸 보면서 정말 대단한 배우구나 하는 생각이 들었어요.

### 배우들의 이미지 관리법

배우들의 이미지 관리는 사생활 관리 같아요. 배우의 이미지라는 것은 캐스팅에 따라서 늘 달라지기 때문에 어쩔 수 없지만, 우리같이 보수적인 사회에서 배우의 이미지에 영향을 미치는 것은 사생활에서 많이 오는 것 같아요. 좋은 일을 하면 플러스가 되지만, 나쁜 일을 하면 마이너스가 되니까요. 본인이 원하든 원치 않든 배우가 되면 공인이 된다는 것이고, 공인은 사회적 책임이라는 것을 알아야 하는 사람이잖아요. 저희는 캐스팅 여부를 결정할 때 관객이 호응을 하느냐 안 하느냐를 중요시해야 되니까. 캐스팅에도 영향을 미치죠. 그런 것을 보면, 사생활 관리가 중요하죠.

### 신인 배우에게 건네는 조언

이런 이미지는 싫다, 좋다고 하기 전에 많이 시도했으면 좋겠어요. 앞서 말했듯 배우의 이미지는 계속 변하거든요. 이미지가 아니라 캐릭터 자체를 보고, 뭐든 시도해봤으면 해요. 그 시도가 결국엔 도움이 되거든요. 변신에 대한 두려움보다는 캐릭터를 잘 파악하고 작은 역할이라도 임팩트 있게 해보면 좋겠어요. 분량에 대해서도 마찬가지예요. 늘 얘기하지만, 분량이 중요한 게 아니에요. 임팩트 있고, 거기에 얼마나 잘 녹아들어가는지 그게 중요하죠. 사실 너무 튀는 것도 좋지 않아요. 그래서 본인이 생각하는 캐릭터 분석도 굉장히 중요한 거고요. 〈웰컴 투 동막골〉에서 강혜정 씨 역할이 분량으로는 여덟 개 신 정도로 적어요. 하지만, 나오는 장면 대비 임팩트는 엄청나죠. 거기에 잘 녹아들어가 회자가 많이 되었죠. 분량보다는 역할의 캐릭터가 중요해요.

또 저희가 어떤 배우한테서 내부의 우울한 부분을 발견해서 캐스팅하려고 하면, 그 사람은 절대 자신은 그렇지 않다고, 엄청 밝은 사람이니 안 어울린다고 거부할 때가 있어요. 설득하고 싶어도, 이 작품이 그를 한 단계 변화시켜줄 수 있을 거라고 해도 용납이 안 되나 봐요. 그럴 때는 안타깝죠. 조금은 주변의 말을 들어볼 필요도 있는데 말이죠.

마지막으로, 배우가 역할을 고려하는 데 있어 분량도 있고, 캐릭터도 있겠지만, 광고가 계속 들어오고 안 들어오고도 크게 작용해요. 그러다 보니 몇몇 배우들은 작품의 캐릭터 적합도보다는 광고를 중심에 두고 캐릭터를 잡아가려고 하는 경우가 있어서, 작품이 아무리 좋아도 거절하는 때에는 속상하기도 해요.

## 좋은 시나리오를 고르는 노하우

특별한 노하우가 있는 건 아니지만, 빨리 읽히는 것이 대체로 잘되더라고요. 계속 그 페이지에서 왔다 갔다 하고 앞 페이지를 다시 들춰봐야 하고 그런 것은 별로죠. 저는 '훅 읽힌다'라는 표현을 쓰는데, 사건의 이해가 빠르고 드라마가 제대로 들어가 있으면 훅 읽혀요. 제대로 되지 않은 번역서를 보면 무슨 얘기를 하는지 몰라서 앞으로 돌아가 다시 주어를 찾고 그러잖아요. 시나리오도 마찬가지죠. 훅 읽힌다는 느낌은 잘된 번역서를 보는 느낌이죠. 제대로 된 시나리오는 영화로 나왔을 때, 적어도 말이 안 되지는 않는다고 생각해요. 잘 읽혀서, 상황에 대한 이해도가 높은 시나리오가 좋죠. 장르와 스토리 자체가 갖진 힘을 판단하는 것은 본인의 몫이겠지요.

시나리오에 대한 학문적인 접근은 잘 모르겠지만, 저는 상업적으로 만들어내는 사람이라 모든 장르와 상황에서 잘 읽히는 시나리오가 잘되는 것 같아요. 시나리오를 읽고 모두들 재미있다고 말하면, 영화로도 재미있고요. 다들 뜨악하면, 영화도 재미없더라고요. 물론 반으로 갈리는 경우도 있는데, 누구는 재미있게 보고 누구는 재미없게 보고, 캐스팅도 누구는 A라는 배우가 맞을 것 같다고 하고, A는 절대 아니라고 반대하는 경우도 있죠.

〈수상한 그녀〉는 만장일치였어요. 시나리오가 그만큼 재밌었죠. 중국에서도 영화로 만들어졌는데, 굉장히 잘됐어요. 한중 합작영화로는 1등이라고들 해요. 그게 이야기가 가지고 있는 힘이죠. 국적을 떠나서 대다수의 사람이 재미있게 보는 것은 그 힘이겠죠. 신인 배우라면 혼자 시나리오를 보는 경우도 있겠지만, 큰 역할은 아니더라도 주변 사람들과 시나리오를 함께 보고 중론을 들어보고 재미있다는 평을 받는다면, 꼭 출연해보는 것도 좋은 거 같아요. 신인에게는 좋은 작품에 출연하는 것이 중요하니까요.

## 배우지망생에게 하고 싶은 한마디

'일체유심조 一切唯心造'라고 어렸을 때부터 제 삶의 모토인데요. 비슷한 말로는 "간절히 원하면 된다"라는 의미예요. 본인이 마음으로만 원한다고 해서 되는 게 아니라, 계속 준비하고 있으면 언젠가 기회가 올 것이라고 믿어요. 부모님이 저한테 그런 말씀을 늘 하세요. "기회는 쉽게 오지 않고, 온 기회는 놓치기 쉽다"고. 어렵게 온 기회를 놓치지 않으려면 평소에 늘 준비하는 방법밖에 없어요. 배우도 마찬가지예요. 캐스팅 비하인드 스토리들 상당히 많잖아요? 갑자기 주연배우가 아파서 대역으로 했다가 올라가는 경우도 있고요. 준비되지 않은 사람은 쫓아가기 힘들지 않을까요? 그래서 저는 신인이든 배우지망생이든 영화를 볼 때도 배우만 보는 게 아니라 디렉팅이나 촬영, 조명, 캐스팅, 배우의 감정 등 전체적인 그림을 봤으면 해요. 그래야 언젠가 그 안에 들어갈 수 있는 거잖아요. 그렇게 전체를 볼 수 있는 배우가 장기전에 유리하지 않을까 싶어요.

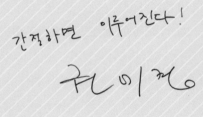

간절하면 이루어진다!

권미경

10여 년이 넘는 시간 동안의 기억을 하나하나 되짚어가며, 더 해줄 수 있는 말이 없는지 고민하며 책을 만들었습니다. 어쩌면 너무나 당연한, 누구나 말할 수 있는 '기본'일 수도 있습니다. 하지만 그런 기본을 몰라서 무시당하고 좌절하고 포기하는 사람들, 방법을 몰라서 꿈에 도전조차 못하는 사람들, 거짓말에 속아 사람조차 믿고 싶어 하지 않는 사람들을 너무나 많이 봐왔습니다. 그래서 당연하지만 정말로 현실적인 '기본'을 꼭 말해주고 싶었습니다.

그렇습니다. 생각보다 많이 힘들고 성공률 또한 매우 낮습니다. 운도 많이 따라야 하고요. 하지만 어쩌면 공평해 보이기도 합니다. 좀 늦어도 괜찮고 좀 못나도 성공할 수 있으니까요. 잘생기고 예쁜 사람만 성공하는 세상은 아닙니다. 그러니 포기하지 마시고 꿈에 도전하세요. 절실한 마음으로!

**김민수, 양성민**

당신을
캐스팅하겠습니다

Thanks to

상대적으로 힘이 없고 약한 배우지망생들을 돕는다는 취지에
많은 배우분과 PD분, 그리고 감독님과 사내 관계자분까지
흔쾌히 동참을 해주셨습니다.
좋은 취지에 공감해서 참여해주신 윤제균 감독님, 김지훈 감독님, 조성하님,
류승룡님, 박성웅님, 조진웅님, 김성균님, 나영석 PD님, 신원호 PD님,
이재문 PD님, 권미경 상무님 그리고 김성수 대표님과 권은아 상무님께
진심으로 감사인사를 드립니다.


어쩌면 책을 내는 또 다른 이유이기도한 나의 가족 어머니, 아버지,
은원이와 외할머니, 장인, 장모님 그리고 무엇보다
사랑하는 아내 남희와 딸 유아에게 이 책을 바친다.
부끄럽지 않은 남편과 아빠가 되고 싶은 첫 번째 선물로 기억해주길.
**양성민**


사랑하고 고마운 내 와이프 조영아, 사랑하는 가족들, 친구 김대용,
이화여고 이은미 선생님, 소일교회 김창호 목사님, 최은호 목사님, 노영신 목사님,
손석우 대표, 웃으러 멤버들, 최고의 파트너 양성민 항상 고맙다.
마지막으로 하늘에 계신 아버지께 이 책을 바칩니다.
**김민수**

**지은이**
양성민, 김민수

**인터뷰이**
권미경, 김성균, 김지훈, 나영석, 류승룡, 박성웅, 신원호, 윤제균, 이재문, 조성하, 조진웅
**인터뷰** 정시우, 큐리어스, 양성민, 김민수
**인터뷰 녹취** 김현
**인터뷰 정리** 임소라
**기획** 이진아
**저자 프로필 사진** 김린용

**사진 제공**
CJ E&M, HB엔터테인먼트, 씨제스엔터테인먼트, 사람엔터테인먼트,
판타지오, 프레인TPC, 타워픽처스, JK 필름

**도움주신 분들**
하정우, 이종석, 박보영, 김강우, 최지우, 유연석, 이광수, 변요한
피데스스파티움, 웰메이드이엔티, 킹콩엔터테인먼트,
HB엔터테인먼트, 씨제스엔터테인먼트, YG엔터테인먼트
사람엔터테인먼트, 판타지오, 프레인TPC

스스로
빛나는

배우를
찾습니다